古诗词佳句接龙游戏600条

张 国 主编

上海大学出版社
·上海·

图书在版编目(CIP)数据

古诗词佳句接龙游戏 600 条 / 张国主编 . —上海：
上海大学出版社，2011.9
ISBN 978-7-81118-915-5

Ⅰ. ①古… Ⅱ. ①张… Ⅲ. ①古典诗歌-诗歌欣赏-中国 Ⅳ. ①I207.22

中国版本图书馆 CIP 数据核字（2011）第 152665 号

策　　划　农雪玲
责任编辑　农雪玲
版式设计　施羲雯
封面设计　施羲雯

古诗词佳句接龙游戏 600 条
张国　主编
上海大学出版社出版发行
（上海市上大路 99 号　邮政编码 200444）
（http://www.shangdapress.com　发行热线 66135110）
出版人：郭纯生
*
南京展望文化发展有限公司排版
上海上大印刷有限公司印制　　各地新华书店经销
开本 787×1092 1/16　印张 11.25　字数 172千
2011 年 10 月第 1 版 2011 年 10 月第 1 次印刷
印数：1～3100
ISBN 978-7-81118-915-5/I·144　定价：27.00元

主　编：张　国
副主编：张祥斌　刘　波
顾　问：杨深桃　崔振明
编　委：修国英　张建兴　潘泉君
　　　　闫哲美　贾亦显　苏丽珍
　　　　孟文文　何利轩

前 言

常言道:"腹有诗书气自华。"要想成为一个谈吐不俗、高雅而有修养的人,需要掌握一些古典诗词。中华民族最闪亮的人文智慧,往往就蕴藏在那些灿若星辰的诗词当中,而古诗词佳句正是其中的精华。无论是在作文时还是在日常谈吐中,古诗词佳句的引用频率要远远高于整篇的古诗词。传诵不衰的古诗词佳句不仅渗入我们的日常生活,更是融入我们的文化性格,启发着我们的心智,滋养着我们的心灵,丰富着我们的精神,陶冶着我们的情操,读之让人受用一时、获益终生。

本书独辟蹊径,采用古诗词佳句字头与字尾相连不断延伸的方法进行接龙,既富有乐趣,又方便记忆。通过古诗词佳句接龙的游戏,寓教于乐,读者可以轻松学习古诗词,加深连锁记忆,而且可以将古诗词佳句作为线索,把知识视角延伸到整篇古诗词,进而拓展到博大精深的诗词文化领域。同时,本书还设置了"原作欣赏"、"作者简介"、"诗词趣谈"等板块,大大增加了阅读的知识量和趣味性。

中国是一个"诗歌的国度",古典诗词则是中国传统文化的奇葩,而古诗词佳句正是奇葩中最美妙的花蕊,是我们民族文化遗产中极为珍贵的一部分。请跟随本书走入古典诗词瑰丽无比的世界,感受至美意境,体验诗情人生!

目录

第1章 爱国·奉献 … 1

捐躯赴国难，视死忽如归。 … 1
但使龙城飞将在，不教胡马度阴山。 … 5
男儿何不带吴钩，收取关山五十州？ … 7
但得众生皆得饱，不辞羸病卧残阳。 … 11
楚虽三户能亡秦，岂有堂堂中国空无人？ … 13
夜阑卧听风吹雨，铁马冰河入梦来。 … 17
臣心一片磁针石，不指南方不肯休。 … 19
但愿苍生俱饱暖，不辞辛苦出山林。 … 22
落红不是无情物，化作春泥更护花。 … 25
寸寸河山寸寸金，侉离分裂力谁任？ … 27

第2章 励志·信念 … 31

长风破浪会有时，直挂云帆济沧海。 … 31
大鹏一日同风起，扶摇直上九万里。 … 34
出师未捷身先死，长使英雄泪满襟。 … 37
会当凌绝顶，一览众山小。 … 40

春风得意马蹄疾，一日看尽长安花。 ··· 42
沉舟侧畔千帆过，病树前头万木春。 ··· 45
千淘万漉虽辛苦，吹尽狂沙始到金。 ··· 48
可怜夜半虚前席，不问苍生问鬼神。 ··· 50
生当作人杰，死亦为鬼雄。 ··· 53
青山遮不住，毕竟东流去。 ··· 56

第3章 读书·求知 ··· 59

少壮不努力，老大徒伤悲。 ··· 59
盛年不重来，一日难再晨。 ··· 62
读书破万卷，下笔如有神。 ··· 66
青春须早为，岂能长少年。 ··· 70
试玉要烧三日满，辨材须待七年期。 ··· 73
少年辛苦终身事，莫向光阴惰寸功。 ··· 76
莫等闲，白了少年头，空悲切。 ··· 78
纸上得来终觉浅，绝知此事要躬行。 ··· 81
问渠那得清如许，为有源头活水来。 ··· 83
我劝天公重抖擞，不拘一格降人才。 ··· 86

第4章 友谊·情感 ··· 89

结交在相知，骨肉何必亲。 ··· 89
海内存知己，天涯若比邻。 ··· 91
莫愁前路无知己，天下谁人不识君？ ··· 94

东边日出西边雨，道是无晴却有晴。。。。97
曾经沧海难为水，除却巫山不是云。。。。99
春蚕到死丝方尽，蜡炬成灰泪始干。。。。101
身无彩凤双飞翼，心有灵犀一点通。。。。104
此情可待成追忆，只是当时已惘然。。。。106
月上柳梢头，人约黄昏后。。。。109
十年生死两茫茫，不思量，自难忘。。。。112

第5章 世态·哲理 。。。115

年年岁岁花相似，岁岁年年人不同。。。。115
欲穷千里目，更上一层楼。。。。118
长恨春归无觅处，不知转入此中来。。。。121
十年磨一剑，霜刃未曾试。。。。123
无可奈何花落去，似曾相识燕归来。。。。126
不识庐山真面目，只缘身在此山中。。。。128
人有悲欢离合，月有阴晴圆缺，此事古难全。。。。131
物是人非事事休，欲语泪先流。。。。134
山重水复疑无路，柳暗花明又一村。。。。136
小荷才露尖尖角，早有蜻蜓立上头。。。。139

第6章 季节·时令 。。。142

忽如一夜春风来，千树万树梨花开。。。。142

春潮带雨晚来急，野渡无人舟自横。。。。145
千山鸟飞绝，万径人踪灭。。。。148
停车坐爱枫林晚，霜叶红于二月花。。。150
竹外桃花三两枝，春江水暖鸭先知。。。153
小楼一夜听春雨，深巷明朝卖杏花。。。155
接天莲叶无穷碧，映日荷花别样红。。。158
一年好景君须记，最是橙黄橘绿时。。。160
明月别枝惊鹊，清风半夜鸣蝉。。。163
黄梅时节家家雨，青草池塘处处蛙。。。165

第1章 爱国·奉献

> 捐躯赴国难，视死忽如归。
>
> ——【三国·魏】曹植《白马篇》

【佳句解析】

为了解除国难献身，把死亡看作回家一样。

【原作欣赏】

白马篇

白马饰金羁①，连翩西北驰②。
借问谁家子，幽并游侠儿③。
少小去乡邑，扬声沙漠垂④。
宿昔秉良弓⑤，楛矢何参差⑥。
控弦破左的⑦，右发摧月支⑧。
仰手接飞猱⑨，俯身散马蹄。
狡捷过猴猿，勇剽若豹螭⑩。
边城多警急，胡虏数迁移⑪。
羽檄从北来⑫，厉马登高堤⑬。
长驱蹈匈奴⑭，左顾陵鲜卑⑮。
弃身锋刃端，性命安可怀⑯？
父母且不顾，何言子与妻？

名编壮士籍，不得中顾私⑰。
捐躯赴国难，视死忽如归。

注释

① **羁**：马络头。
② **连翩**：接连不断，这里形容轻捷迅急的样子。**西北**：魏初西北方为匈奴、鲜卑等少数民族居住区，西北驰即驰向边疆战场。
③ **幽并**：幽州和并州，即今河北、山西和陕西诸省的一部分地区。**游侠儿**：重义轻生的青年男子。
④ **扬**：传扬。**垂**：边疆。"少小""扬声"两句：意思是说青壮年时期即离开家乡，因为保卫国家而扬名于边疆。
⑤ **宿昔**：昔时，往日。**秉**：持。
⑥ **楛（hù）矢**：用楛木做箭杆的箭。**何**：多么。"宿昔""楛矢"两句：意思是说昔日良弓不离手，箭出纷纷尽楛矢。
⑦ **控**：引，拉开。**左的**：左方的射击目标。
⑧ **摧**：毁坏。与下文的"散"（破裂），都有穿透之意。**月支**：与"马蹄"都是射帖（箭靶之类）的名称。
⑨ **接**：迎接飞驰而来的东西。**猱（náo）**：猿类，善攀缘。
⑩ **剽**：行动轻捷。**螭（chī）**：古代传说中一种没有角的龙。
⑪ **胡虏**：古时对北方少数民族的蔑称。**数**：屡次。
⑫ **羽檄**：檄是军事方面用于征召的文书，插上羽毛表示军情紧急，所以叫羽檄。
⑬ **厉马**：奋马，策马。
⑭ **蹈**：奔赴。
⑮ **陵**：陵蹈，以武临之。
⑯ **怀**：顾惜。
⑰ **中**：心中。**顾**：念。

佳句品读

为了国家和民族的安危，宁愿献出自己的生命，将死亡看作像回家一样从容。纵观历史，许多志士仁人都有强烈的忧国忧民的思想，以国事为己任，前仆后继，临难不屈，为保卫祖国而英勇献身。

【作者简介】

曹植(192—232),字子建,曹操之子,三国时期曹魏诗人、文学家,建安文学的代表人物。早期诗文多写其安逸生活和建功立业的抱负;后备受曹丕父子迫害,郁郁而终,诗文多表现其愤抑不平之情及追求个人自由解脱的心境。

【佳句接龙】

捐躯赴国难,视死忽如归。(【三国·魏】曹植《白马篇》)

→归来见天子,天子坐明●。(【南北朝】《木兰诗》)→●悬金粟像,门枕御沟●。(【唐】贯休《和韦相公见示闲卧》)→●声咽危石,日色冷青●。(【唐】王维《过香积寺》)→●子栖金华,安期入蓬●。(【唐】李白《对酒行》)→●霞红,山烟●。(【北宋】柳永《早梅芳》)→●幕成波,新荷贴●。→●浴清蟾,叶喧凉吹,巷陌马声初●。(【北宋】周邦彦《过秦楼》)→●肠中、赢得愁●。(【北宋】晏殊《相思儿令》)→●情断了,为花狂恼,故飘万点霏微。(【北宋】叶梦得《雨中花慢·寒食前一日小雨,牡丹已将开,与客置酒坐中戏作》)

答案:捐躯赴国难,视死忽如归。→归来见天子,天子坐明堂。→堂悬金粟像,门枕御沟泉。→泉声咽危石,日色冷青松。→松子栖金华,安期入蓬海。→海霞红,山烟翠。→翠幕成波,新荷贴水。→水浴清蟾,叶喧凉吹,巷陌马声初断。→断肠中、赢得愁多。→多情断了,为花狂恼,故飘万点霏微。

诗词趣谈

妙填数词

相传,汉代的卓文君和司马相如结婚不久,相如就辞别娇妻,赴京做官。痴情的卓文君左等右等,等了五年,终于等来一封书信,上面写着:"一二三四五六七八九十百千万。"文君读了信,非常伤心,就给相如回了一封信,写了一首诗,内容如下:

"( )别之后,( )地相思,只说是( )( )日,又谁知( )( )年。( )弦琴无心弹,( )行书无可传,( )连环从中折断,( )里长亭望眼欲穿,( )思想,( )思念,( )般无奈把郎怨。

( )语( )言道不尽,( )无聊赖,( )凭栏。

重( )登高看孤雁,( )月中秋月圆人不圆,( )月半,烧香秉烛问苍天,( )月天,人人摇扇我心寒。( )月里,榴花如火偏遇阵阵冷雨浇花端;( )月枇杷未黄我欲对镜心意乱。

急匆匆,( )月桃花随水流,( )月风筝线儿断。唉!郎呀郎,巴不得下( )世你为女来我为男。"

请问相如的信是什么意思?您能在文君的回信中的"( )"里填上恰当的数词吗?

答案:司马相如的信内容是"一二三四五六七八九十百千万",缺少"亿"。"亿"谐音"忆"或"意",缺"亿"表示对卓文君已"没有回忆"、"无意"。卓文君的信的空格处依次填上"一、二、三、四、五、六、七、八、九、十、百、千、万、万、千、百、十、九、八、七、六、五、四、三、二、一"。这些数词,表达了卓文君对司马相如的无限思念之情。

但使龙城飞将在,不教胡马度阴山。

——【唐】王昌龄《出塞》

【佳句解析】

如果攻袭龙城的卫青和飞将军李广还在,就不会让胡人的军队越过阴山。

【原作欣赏】

出塞①

秦时明月汉时关②,万里长征人未还。
但使龙城飞将在③,不教胡马度阴山④。

① **出塞:** 是唐代诗人写边塞生活的诗常用的题目。
② **"秦时"句:** 即秦汉时的明月,秦汉时的关塞。意思是说,在漫长的边防线上,一直没有停止过战争。
③ **但使:** 只要。**龙城飞将:** "龙城"指奇袭匈奴龙城的名将卫青,而"飞将"则指威名赫赫的"飞将军"李广。"龙城飞将"并不指一人,而是借指御敌名将。
④ **不教:** 不叫,不让。**胡马:** 指敌方的战马。胡,古人对西北少数民族的称呼。**度:** 越过。**阴山:** 山名,指阴山山脉,在今内蒙古境内,汉时匈奴常常从这里南下侵扰中原地区。

佳句品读

这两句诗既是描写卫青、李广的英勇善战,也是感叹边塞守将的不得其人,更是期盼像卫青、李广那样的杰出将领能够再度出现。

【作者简介】

王昌龄(约698—756),字少伯,盛唐时期著名边塞诗人,其诗以七绝见长,有"七绝圣手"之称。

【佳句接龙】

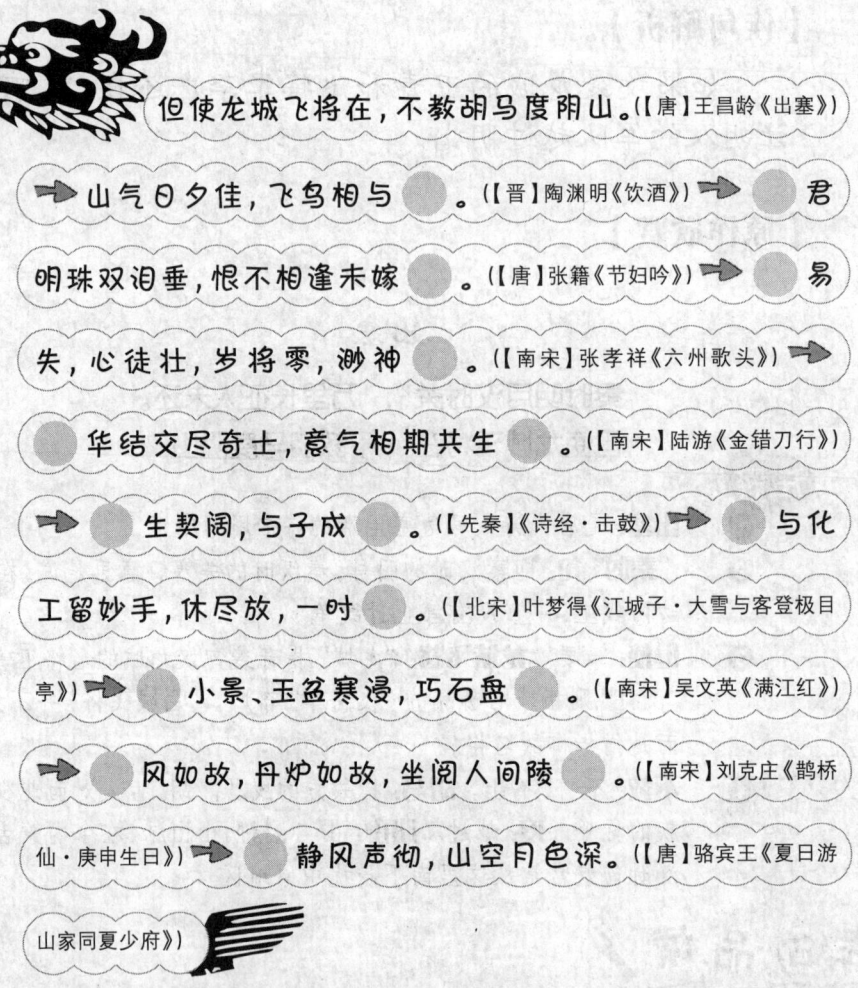

答案:但使龙城飞将在,不教胡马度阴山。→山气日夕佳,飞鸟相与还。→还君明珠双泪垂,恨不相逢未嫁时。→时易失,心徒壮,岁将零,渺神京。→京华结交尽奇士,意气相期共生死。→死生契阔,与子成说。→说与化工留妙手,休尽放,一时开。→开小景、玉盆寒浸,巧石盘松。→松风如故,丹炉如故,坐阅人间陵谷。→谷静风声彻,山空月色深。

诗词趣谈

古诗中的动物

请在下面各句古诗的括号内填上动物名称。

① 合昏尚知时,(　　)不独宿。
② 春(　　)到死丝方尽,蜡炬成灰泪始干。
③ 春眠不觉晓,处处闻啼(　　)。
④ 两个(　　)鸣翠柳,一行(　　)上青天。
⑤ 晴川历历汉阳树,芳草萋萋(　　)洲。
⑥ 小荷才露尖尖角,早有(　　)立上头。
⑦ 竹外桃花三两枝,春江水暖(　　)先知。
⑧ 八月(　　)黄,双飞西园草。
⑨ 山石荦确行径微,黄昏到寺(　　)飞。
⑩ 毡包席裹可立致,十鼓只载数(　　)。

答案：① 鸳鸯　② 蚕　③ 鸟　④ 黄鹂 白鹭　⑤ 鹦鹉　⑥ 蜻蜓　⑦ 鸭　⑧ 蝴蝶　⑨ 蝙蝠　⑩ 骆驼

男儿何不带吴钩,收取关山五十州?

——【唐】李贺《南园十三首·其五》

【佳句解析】

　　身为男子为什么不手执军刀奔赴疆场,收复藩镇割据的关山五十州呢?

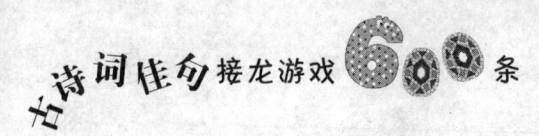

【原作欣赏】

南园十三首·其五①

男儿何不带吴钩②,收取关山五十州③?
请君暂上凌烟阁④,若个书生万户侯⑤?

① **南园:** 昌谷南园为李贺读书处。其《南园》组诗十三首,写当地景物和杂感,此为第五首。
② **吴钩:** 钩,兵器,形似剑而曲。春秋吴人善铸钩。后泛指利剑。"带吴钩"指从军的行动,身佩军刀,奔赴疆场。
③ **关山五十州:** 指当时藩镇割据、中央不能掌管的地区。《通鉴·唐纪》载唐宪宗元和七年李绛云:"今法令所不能制者,河南北五十余州。"
④ **凌烟阁:** 楼阁名,在长安。唐太宗贞观十七年(643)画开国功臣24人于凌烟阁。
⑤ **万户侯:** 食邑万户以上,号称"万户侯"(汉代侯爵最高的一层),借指高官贵爵。

佳句品读

"男儿何不带吴钩"既是泛问,也是自问,在鼓动别人的同时,也在鼓励自己,抒发了"国家兴亡,匹夫有责"的使命感和责任感。下一句气势磅礴,表现了削平藩镇、实现统一的爱国之情。

【作者简介】

李贺(790—816),字长吉,中唐浪漫主义诗人的代表,又是中唐到晚唐诗风转变期的重要人物,后人称之为"诗鬼",与李白、李商隐三人并称唐代"三李"。

【佳句接龙】

男儿何不带吴钩，收取关山五十州？（【唐】李贺《南园十三首·其五》）→州夹苍崖，下枕江山是城◯。（【北宋】周邦彦《一寸金·小石·江路》）→◯泰曾名我，刘翁复见◯。（【北宋】黄庭坚《南柯子·东坡过楚州，见净慈法师，作南歌子。用其韵赠郭诗翁二首》）→◯似辟寒金，聊借与、空床◯。（【北宋】贺铸《辟寒金》）→◯老须燕玉，充饥忆楚◯。（【唐】杜甫《独坐二首·其一》）→◯盖污池净，藤笼老树◯。（【唐】韩愈《闲游二首·其二》）→◯树落疏红，遥原上深◯。（【唐】韦述《晚渡伊水》）→◯云天，黄叶◯。（【北宋】范仲淹《苏幕遮·怀旧》）→◯湿梅多雨，潭蒸竹起◯。（【唐】张子容《永嘉作》）→◯柳上轻，风丝漫袅，楼阁晚还阴。（【北宋】晁补之《一丛花》）

答案：男儿何不带吴钩，收取关山五十州？→州夹苍崖，下枕江山是城郭。→郭泰曾名我，刘翁复见谁。→谁似辟寒金，聊借与、空床暖。→暖老须燕玉，充饥忆楚萍。→萍盖污池净，藤笼老树新。→新树落疏红，遥原上深碧。→碧云天，黄叶地。→地湿梅多雨，潭蒸竹起烟。→烟柳上轻，风丝漫袅，楼阁晚还阴。

诗词趣谈

蜜蜂找路

有一个由36间六角形蜂房构成的蜂巢。现在有一只小蜜蜂,它从右边最外层的一间蜂房出发(图上的"无"字),对所有的蜂房全部"视察"一遍,最后走到标着"头"字的一间蜂房为止。它只按相邻的蜂房走,不能跨越,也不能重复,但要小心切勿跌入中间的无字空洞。有趣的是,将代表每个房间的汉字串连起来,正好是南唐李煜的一首词。您能在图上画出小蜜蜂所走的路线吗?

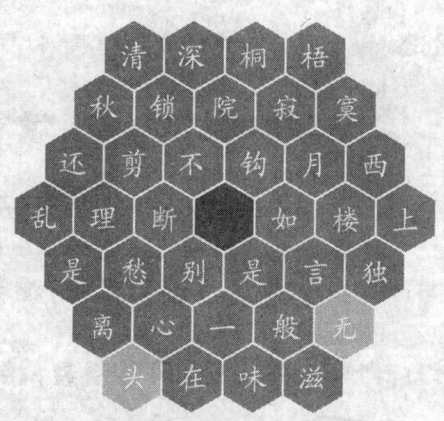

答案:南唐李煜的《相见欢》:无言独上西楼,月如钩。寂寞梧桐深院锁清秋。剪不断,理还乱,是离愁。别是一般滋味在心头。

> 但得众生皆得饱，不辞羸病卧残阳。
>
> ——【北宋】李纲《病牛》

【佳句解析】

只要芸芸众生都能吃饱饭，即使瘦弱得病倒在残阳里也心甘情愿。

【原作欣赏】

病牛

耕犁千亩实千箱，力尽筋疲谁复伤①？
但得众生皆得饱，不辞羸病卧残阳②。

① 伤：这里是同情的意思。
② 羸（léi）：瘦弱。

在这两句诗中，诗人自喻为一头伤病累累的耕牛，只要对百姓有利，他就不辞劳苦，即使筋疲力尽病倒在"残阳"里也心甘情愿，字里行间充满了强烈的爱国爱民的情感。

【作者简介】

李纲（1083—1140），字伯纪，北宋末、南宋初抗金名臣。靖康元年（1126）金兵侵汴京时，率军击退金兵，但不久即被投降派所排斥。他能诗文，亦能词，一生著述甚多。

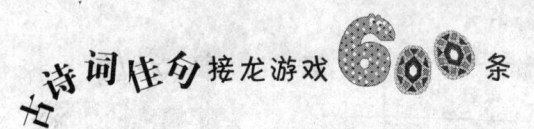

【佳句接龙】

但得众生皆得饱,不辞羸病卧残阳。(【北宋】李纲《病牛》)

➡ 阳春布德泽,万物生光●。(【汉】《长歌行》)➡ ●光遍

草木,和气发丝●。(【唐】张九龄《恩赐乐游园宴应制》)➡ ●花半

宙,静锁一庭愁●。(【北宋】周邦彦《锁窗寒·越调·春景》)➡ ●意

云情,酒心花态,孤负高阳●。(【北宋】柳永《倾杯乐》)➡ ●里

遇重阳,孤馆一杯,聊赏佳●。(【北宋】秦观《碧芙蓉·九日》)➡

●晦箕全落,春迟柳暗●。(【唐】宋之问《奉和晦日幸昆明池应制》)

➡ ●花雨小,著柳风柔,都似去年时候●。(【北宋】晏几道《泛

清波摘遍》)➡ ●将沈醉酬佳节,十分酒、一分●。(【北宋】苏轼

《少年游·端午赠黄守徐君猷》)➡ ●发烟霏外,人在去留间。(【北宋】

刘一止《水调歌头》)

答案:但得众生皆得饱,不辞羸病卧残阳。→阳春布德泽,万物生光辉。→辉光遍草木,和气发丝桐。→桐花半宙,静锁一庭愁雨。→雨意云情,酒心花态,孤负高阳客。→客里遇重阳,孤馆一杯,聊赏佳节。→节晦箕全落,春迟柳暗催。→催花雨小,著柳风柔,都似去年时候好。→好将沈醉酬佳节,十分酒、一分歌。→歌发烟霏外,人在去留间。

诗词趣谈

数字诗谜

下面这首诗是我国古代一条数字谜语,谜面看似复杂,谜底实际非常简单,请猜猜看:

百万军中斩白旗,
天下无人能与敌。
秦王斩了余元帅,
骂(骂)阵将军没马骑。
吾今不必多开口,
歧路交叉无尽头。
化身无人来代位,
分手不记带刀回。
一丸妙药吃一点,
千日夫妻一撇离。
(打十个字)

答案:一、二、三、四、五、六、七、八、九、十。

楚虽三户能亡秦,岂有堂堂中国空无人?

——【南宋】陆游《金错刀行》

【佳句解析】

楚国虽然只几户人家,也能灭掉秦国,难道偌大的中原地区就没有这样的人吗?

【原作欣赏】

金错刀行

黄金错刀白玉装①,夜穿窗扉出光芒。
丈夫五十功未立,提刀独立顾八荒②。
京华结交尽奇士,意气相期共生死③。
千年史册耻无名,一片丹心报天子④。
尔来从军天汉滨⑤,南山晓雪玉嶙峋⑥。
呜呼⑦! 楚虽三户能亡秦⑧,岂有堂堂中国空无人⑨?

 注释

① "黄金"句:宝刀用黄金镀饰,刀饰用白玉镶嵌。
② 八荒:也叫八方,指东、西、南、北、东南、东北、西南、西北等八面方向,指离中原极远的地方。后泛指天下。
③ 相期:互相勉励。
④ 丹心:忠心。天子:皇帝,这里指国家。
⑤ 天汉滨:汉水边。
⑥ 南山:终南山。嶙峋:山石重叠。
⑦ 呜呼:语气助词,表叹息。
⑧ 三户:几户人家。亡:灭。秦:秦国。西汉·司马迁《史记·项羽本纪》:"故楚南公曰'楚虽三户,亡秦必楚'也。"
⑨ 中国:古指中原地区。

佳句品读

诗人引用"楚虽三户,亡秦必楚"的典故,抒发了誓死抗金、"中国"必胜的壮烈情怀。这种光鉴日月的爱国主义精神,是中华民族浩然正气的体现,永远具有鼓舞人心、催人奋起的巨大力量。

【作者简介】

陆游(1125—1210),字务观,南宋著名诗人,所作诗歌今存九千多首,著有《剑南诗稿》《渭南文集》《南唐书》《老学庵笔记》等。

【佳句接龙】

楚虽三户能亡秦,岂有堂堂中国空无人?（【南宋】陆游《金错刀行》）➡ 人生得意须尽欢,莫使金樽空对●。（【唐】李白《将进酒》）➡ ●上柳梢头,人约黄昏●。（【北宋】欧阳修《生查子·元夕》）➡ ●宫佳丽三千人,三千宠爱在一●。（【唐】白居易《长恨歌》）➡ ●是菩提树,心如明镜●。（【唐】神秀《偈》）➡ ●上风光浓欲滴,傍阑芳桂阴●。（【北宋】刘一止《临江仙》）➡ ●都卜肆,寂寞君●。（【北宋】苏轼《行香子·寓意》）➡ 生颜惯,江海掀舞木兰●。（【北宋】张元幹《水调歌头·同徐师川泛太湖舟中作》）➡ ●行有恨,愁来无限,去去长安渐●。（【南宋】史达祖《鹊桥仙·七夕舟中》）➡ ●杳神京,盈盈仙子,别来锦字终难偶。（【北宋】柳永《曲玉管》）

答案:楚虽三户能抗秦,岂有堂堂中国空无人?→人生得意须尽欢,莫使金樽空对月。→月上柳梢头,人约黄昏后。→后宫佳丽三千人,三千宠爱在一身。→身是菩提树,心如明镜台。→台上风光浓欲滴,傍阑芳桂阴成。→成都卜肆,寂寞君平。→

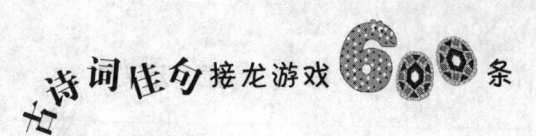

平生颇惯,江海掀舞木兰舟。→舟行有恨,愁来无限,去去长安渐杳。→杳杳神京,盈盈仙子,别来锦字终难偶。

诗 词 趣 谈

传统数字镶边诗体字谜

"数字镶边谜"是一种诗体字谜,即每句诗的第一个字都是数字,而且语义都与谜底相关。下面是我国古代一则数字镶边谜,打十个字,请猜猜看:

一分为二,
二人上天,
三颠四倒,
四人在下,
五人并坐,
六斤差点,
七进家门,
八把尖刀,
九个窟窿,
十有八九。

答案:丫、夫、沌、署、伍、兵、它、分、究、朵。

16

> 夜阑卧听风吹雨，铁马冰河入梦来。
>
> ——【南宋】陆游《十一月四日风雨大作》

【佳句解析】

深夜躺在床上听到那风雨的声音，梦见自己骑着披上铁甲的战马跨过冰封的河流出征。

【原作欣赏】

十一月四日风雨大作

僵卧孤村不自哀①，尚思为国戍轮台②。
夜阑卧听风吹雨③，铁马冰河入梦来④。

注释

① **僵卧**：挺直躺着，指卧病在床。**僵**：僵硬，僵直。**孤村**：孤寂荒凉的村庄。**不自哀**：不为自己感到悲伤。

② **尚**：还，仍然。**思**：想着，想到。**戍轮台**：指守卫边疆。**戍**（shù）：守卫。**轮台**：现在的新疆轮台县，汉代曾在这里驻兵屯守，这里泛指北方的边防据点。

③ **夜阑**：夜将尽。**阑**：残尽。**风吹雨**：风雨交加。当时南宋王朝处于风雨飘摇之中，"风吹雨"也是时局写照，故诗人直到深夜尚难成眠。

④ **铁马**：披着铁甲的战马。**冰河**：冰封的河流。

佳句品读

因"思"而夜阑不能成眠，不能眠就能更真切地感知自然界的风吹雨打声。由自然界的风雨又想到国家的风雨飘摇，自然就会联想到战争的风云、壮年的军旅生活，诗人辗转反侧，终于幻化出一幅特殊的梦境："铁马冰河"。"铁马冰河入梦来"是诗人日思夜想的结果，淋漓尽致地表达了他的英雄气概，这也是南宋一代仁人志士的心声。

【佳句接龙】

夜阑卧听风吹雨,铁马冰河入梦来。【南宋】陆游《十一月四日风雨大作》➡ 来是空言去绝踪,月斜楼上五更〇。【唐】李商隐《无题》➡ 〇鼓馔玉不足贵,但愿长醉不复〇。【唐】李白《将进酒》➡ 〇来山月高,孤枕群书〇。【唐】皮日休《闲夜酒醒》➡ 〇中欣害除,贺酒纷啾〇。【唐】刘禹锡《壮士行》➡ 〇呼久乃至,夜济十里〇。【唐】韩愈《此日足可惜赠张籍》➡ 〇沙百战穿金甲,不破楼兰终不〇。【唐】王昌龄《从军行》➡ 〇作江南会,翻疑梦里〇。【唐】戴叔伦《江乡故人偶集客舍》➡ 〇人问道归何处,笑指船儿此是〇。【南宋】陆游《鹧鸪天》➡ 〇何处,落日眠芳草。【北宋】柳永《小镇西犯》

答案:夜阑卧听风吹雨,铁马冰河入梦来。→来是空言去绝踪,月斜楼上五更钟。→钟鼓馔玉不足贵,但愿长醉不复醒。→醒来山月高,孤枕群书里。→里中欣害除,贺酒纷啾号。→号呼久乃至,夜济十里黄。→黄沙百战穿金甲,不破楼兰终不还。→还作江南会,翻疑梦里逢。→逢人问道归何处,笑指船儿此是家。→家何处,落日眠芳草。

诗词趣谈

郑板桥的诗谜

郑板桥是清代著名的文学家、书画家。有一天,他路过一座学堂,看到一群调皮的学生不听老师讲课,正在嬉笑打闹,他就上前劝导他们要好好学习。有个学生看郑板桥一副平民老百姓的打扮,就不以为然地问:"凭你还想来教训我们,我问你,你会写诗吗?"郑板桥说:"我不光会写诗,还会出诗谜呢!"他看到学堂旁边的厨房里面有一样东西,就当场吟了一首咏物诗:"嘴尖肚大个不高,放在火上受煎熬。量小不能容万物,二三寸水起波涛。"学生们猜了半天,谁都猜不出来,只好老老实实地读书了。郑板桥咏的是什么东西呢?

答案:水壶。

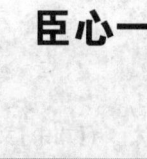

臣心一片磁针石,不指南方不肯休。

——【南宋】文天祥《扬子江》

【佳句解析】

我的心像一片磁针石,不指向南方,决不罢休。

【原作欣赏】

扬子江

几日随风北海游,回从扬子大江头①。
臣心一片磁针石②,不指南方不肯休③。

① **扬子江**：从江苏省扬州以下至入海口的长江下游河段的旧称。
② **磁针石**：即指南针。
③ **南方**：指南宋朝廷。

佳句品读

诗人以指南针比喻自己的一片忠忱,表达了自己虽然身处于危难之中,但仍心向祖国、誓死南归的一片爱国之情。

【作者简介】

文天祥(1236—1283),字宋瑞,南宋爱国诗人和政治家,宋末组织义军,举兵抗击蒙古军队,被俘后慷慨殉国。

【佳句接龙】

臣心一片磁针石,不指南方不肯休。(【南宋】文天祥《扬子江》）➡ 休唱贞元供奉曲,当时朝士已无﹍。(【唐】刘禹锡《听旧宫中乐人穆氏唱歌》）➡ ﹍少长安名利客,机关用尽不如﹍。(【北宋】黄庭坚《牧童诗》）➡ 王虽爱蛾眉好,无奈宫中妒杀

○ ○。（【唐】李白《玉壶吟》）→ ○生若只如初见，何事秋风悲画

○ ○。（【清】纳兰性德《木兰词·拟古决绝词柬友》）→ ○扇裁月魄羞难掩，

车走雷声语未○。（【唐】李商隐《无题二首之一》）→ ○财能几何，

闻善宁相○。（【唐】李咸用《古意论交》）→ ○归常局促，苦道来

不○。（【唐】杜甫《梦李白二首·其二》）→ ○水萧萧西风冷，满座

衣冠似○。（【南宋】辛弃疾《贺新郎·别茂嘉十二弟》）→ ○暗凋旗

画，风多杂鼓声。（【唐】杨炯《从军行》）

答案：臣心一片磁针石，不指南方不肯休。→休唱贞元供奉曲，当时朝士已无多。→多少长安名利客，机关用尽不如君。→君王虽爱蛾眉好，无奈宫中妒杀人。→人生若只如初见，何事秋风悲画扇。→扇裁月魄羞难掩，车走雷声语未通。→通财能几何，闻善宁相告。→告归常局促，苦道来不易。→易水萧萧西风冷，满座衣冠似雪。→雪暗凋旗画，风多杂鼓声。

诗词趣谈

秀才猜谜

几个秀才相聚一起，玩诗体字谜游戏。张秀才先说道："唐虞有，尧舜无；商周有，汤武无；古文有，今文无。"王秀才马上猜中说："听者有，看者无；跳者有，走者无；高者有，矮者无。"李秀才听了立即接口道："善者有，恶者无；智者有，蠢者无；嘴上有，手上无。"赵秀才也脱口说："右边有，左边无；后面有，前面无；凉天有，热天无。"刘秀才也高兴地接下去："哭者有，笑者无；骂者有，打者无；活者有，死者无。"韩秀才也明白了，接下去说："哑巴有，聋

子无;跛子有,麻子无;和尚有,道士无。"说完,几位秀才发出会心大笑。

这些秀才不是将谜底直接说出来,而是将它隐含于另一谜面中,因此这些谜语的谜底都是一个字。您知道是什么字吗?

答案:口

但愿苍生俱饱暖,不辞辛苦出山林。

——【明】于谦《咏煤炭》

【佳句解析】

但愿天下百姓都能吃饱穿暖,不辞辛苦走出山林。

【原作欣赏】

咏煤炭

凿开混沌得乌金①,　蓄藏阳和意最深②。
爝火燃回春浩浩③,　洪炉照破夜沉沉④。
鼎彝元赖生成力⑤,　铁石犹存死后心⑥。
但愿苍生俱饱暖,　不辞辛苦出山林。

① **混沌**:指世界还没有开辟以前的状态。**乌金**:指煤炭。
② **阳和**:原指暖和的阳光,这里借指煤炭所蓄藏的热能。**意最深**:有深厚的情意。
③ **"爝(jué)火"句**:煤炭燃烧给人们带来温暖,就像春回大地一般。
   爝火:小火炬。**浩浩**:广大的样子。
④ **"洪炉"句**:炉火能够冲破沉沉的黑夜。

⑤ **鼎彝**：指烹饪工具。**鼎**：炊具。**彝**：酒器。
⑥ **"铁石"句**：古人以为铁石蕴藏在地下可以变成煤炭。意思是说：铁石虽然变成了煤炭，但它依然造福人类。

佳句品读

"但愿苍生俱饱暖"，表明诗人大济天下民众的心志，和杜甫的"安得广厦千万间，大庇天下寒士俱欢颜，风雨不动安如山"一样都充满了深厚的忧国忧民之情。"不辞辛苦出山林"说出了诗人自己即使历尽千辛万苦，也要为国为民效力的决心。

【作者简介】

于谦（1398—1457），字廷益，明朝名臣，"土木之变"后他力排南迁之议，指挥北京军民击败瓦剌军，后遭诬陷被害。著有《于忠肃集》。

【佳句接龙】

但愿苍生俱饱暖，不辞辛苦出山林。（【明】于谦《咏煤炭》）→ 林间纵有残花在，留到明朝不是 ●。（【唐】季方《三月晦》）→ ● 风十里扬州路，卷上珠帘总不 ●。（【唐】杜牧《赠别二首·其一》）→ ● 此春来又春去，白了人 ●。（【北宋】欧阳修《浪淘沙》）→ ● 上蓝田玉，耳后大秦 ●。（【东汉】辛延年《羽林郎》）→ ● 玉买歌笑，糟糠养贤 ●。（【唐】李白《古风·其十五》）→

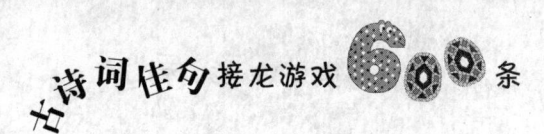

● 喜门堆巷积,可惜迤逦销●。([北宋]周邦彦《红林檎近·双调·第二》）→ ●叶翻浓,余香栖苦,障风怨动秋●。([南宋]吴文英《庆春宫》）→ ●名冠寰宇,文物象昭●。([唐]骆宾王《帝京篇》）→ ●首驱羊旧节,入蔡奇兵,等闲陈迹。([南宋]辛弃疾《苏武慢·雪》）

答案：但愿苍生俱饱暖,不辞辛苦出山林。→林间纵有残花在,留到明朝不是春。→春风十里扬州路,卷上珠帘总不如。→如此春来又春去,白了人头。→头上蓝田玉,耳后大秦珠。→珠玉买歌笑,糟糠养贤才。→才喜门堆巷积,可惜迤逦销残。→残叶翻浓,余香栖苦,障风怨动秋声。→声名冠寰宇,文物象昭回。→回首驱羊旧节,入蔡奇兵,等闲陈迹。

诗词趣谈

传统词谜

词谜是我国古代传统字谜的一种。它的谜面既是词,又是谜,用词的综合意义扣合谜底。您能猜出下面这个词谜吗？

忆江南

两字同,
四竖又三横。
形状高低恰相反,
低者深下如池井,
高者以嶂屏。
（打两个字）

答案：凹、凸。

落红不是无情物,化作春泥更护花。

——【清】龚自珍《己亥杂诗·其五》

【佳句解析】

花虽然落了,但是会融入泥土变成养料,让来年的花开得更艳。

【原作欣赏】

己亥杂诗·其五

浩荡离愁白日斜,吟鞭东指即天涯。
落红不是无情物[1],化作春泥更护花。

① 落红:落花。

佳句品读

此两句诗以落花为喻,表明自己的心志,在形象的比喻中,自然而然地融入议论,表现了诗人生命不息、奋斗不止的奉献精神。

【作者简介】

龚自珍(1792—1841),字尔玉,清代思想家、文学家及改良主义的先驱者。他的诗文揭露清统治者的腐朽,洋溢着爱国热情,被柳亚子誉为"三百年来第一流"。著有《定盦文集》。

【佳句接龙】

落红不是无情物，化作春泥更护花。（【清】龚自珍《己亥杂诗·其五》）→花自飘零水自流，一种相思，两处闲●。（【北宋】李清照《一剪梅》）→●颜与衰鬓，明日又逢●。（【唐】戴叔伦《除夜宿石头驿》）→●宵一刻值千金，花有清香月有●。（【北宋】苏轼《春宵》）→●霞生远岫，阳景逐回●。（【梁】王籍《入若耶溪》）→●星透疏木，走月逆行●。（【唐】贾岛《宿山寺》）→●疑上苑叶，雪似御沟●。（【唐】骆宾王《晚度天山有怀京邑》）→●枝出建章，凤管发昭●。（【唐】皇甫冉《婕妤春怨》）→●巘灵芝秀，阴崖半天●。（【唐】赵居贞《云门山投龙诗》）→●心许君时，此意那可忘。（【唐】王绩《古意六首·其五》）

答案：落红不是无情物，化作春泥更护花。→花自飘零水自流，一种相思，两处闲愁。→愁颜与衰鬓，明日又逢春。→春宵一刻值千金，花有清香月有阴。→阴霞生远岫，阳景逐回流。→流星透疏木，走月逆行云。→云疑上苑叶，雪似御沟花。→花枝出建章，凤管发昭阳。→阳巘灵芝秀，阴崖半天赤。→赤心许君时，此意那可忘。

诗词趣谈

智破暗语

有一天,侦察员小王看见他所监视的一个敌特把一个什么东西放在一棵老樟树的树洞里,等敌特走后,小王迅速赶去仔细查看,结果发现树洞里塞了一个小纸团。小王打开一看,上面写着类似诗句的四句话:

主人不点头,
十人一寸高。
人小可腾云,
人皆生一口。

小王看过纸团以后,仍搓成一团照样放进树洞里,立刻赶回向首长报告,提前布置好包围圈,把敌人一网打尽。

您知道树洞中的纸条上写的是什么内容吗?

答案:纸条上写的是"王村会合"。

寸寸河山寸寸金,侉离分裂力谁任?

——【清】黄遵宪《赠梁任父同年》

【佳句解析】

每一寸山河都像黄金一样宝贵,国家却任列强瓜分,谁能担当挽救危亡的重任?

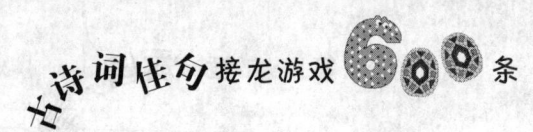

【原作欣赏】

赠梁任父同年①

寸寸河山寸寸金,侉离分裂力谁任②?
杜鹃再拜忧天泪③,精卫无穷填海心④。

① **梁任父**:指梁启超。梁启超号任公,旧时"父"字是加在男子名号后面的美称。**同年**:旧时科举制度中,同一榜考中的人叫同年。

② **侉(kuǎ)离分裂**:指列强瓜分中国的形势。

③ **"杜鹃"句**:传说蜀国的杜宇称帝,号曰望帝,后因水灾让位于自己的臣子,而自己则隐居山林,死后化为杜鹃日夜悲鸣直至啼出血来。这里是作者自比,表达了深切的忧国之情。**再拜**:古代的一种礼节,先后拜两次,表示隆重。

④ **"精卫"句**:中国古代传说中的神鸟,本是炎帝的女儿,因在东海溺死,便化为精卫鸟,不停衔来西山之木石,誓把东海填平。后来用精卫填海这个典故作为力量虽然微弱,斗志却极坚强的象征。此句是诗人与梁启超共勉,要像精卫那样,为挽救国家民族的危亡而鞠躬尽瘁,死而后已。

佳句品读

在国家被列强瓜分、民族危亡之时,诗人忧心如焚,他决心为国献身,变法图存,同时也表达了对梁启超投身保国护民的热切希望。

【作者简介】

黄遵宪(1848—1905),字公度,清末爱国诗人、外交家、政治家,他潜心新体诗创作,被誉为"诗界革命巨子"。著有《人境庐诗草》等。

【佳句接龙】

寸寸河山寸寸金，倿离分裂力谁任？（【清】黄遵宪《赠梁任父同年》）→任教迟日更添长，能得几时抬眼◯。（【北宋】张先《木兰花》）→◯似寻常最奇崛，成如容易却艰◯。（【北宋】王安石《题张司业诗》）→◯苦遭逢起一经，干戈寥落四周◯。（【南宋】文天祥《过零丁洋》）→◯垂平野阔，月涌大江◯。（【唐】杜甫《旅夜书怀》）→◯红不出武陵溪，这回空与春风◯。（【北宋】毛滂《踏莎行·追往事》）→◯而今、扑面黄尘，欲归未◯。（【南宋】辛弃疾《瑞鹤仙·南剑双溪楼》）→◯水能仙，似汉皋遗珮，碧波涵◯。（【南宋】赵以夫《金盏子·水仙》）→◯动临秋扇，松清入夜◯。（【唐】李峤《风》）→◯书凉簟净，灯烛夜窗幽。（【唐】姚合《酬任畴协律夏中苦雨见寄》）

答案：寸寸河山寸寸金，倿离分裂力谁任？→任教迟日更添长，能得几时抬眼看。→看似寻常最奇崛，成如容易却艰辛。→辛苦遭逢起一经，干戈寥落四周星。→星垂平野阔，月涌大江流。→流红不出武陵溪，这回空与春风到。→到而今、扑面黄尘，欲归未得。→得水能仙，似汉皋遗珮，碧波涵月。→月动临秋扇，松清入夜琴。→琴书凉簟净，灯烛夜窗幽。

诗 词 趣 谈

"黄昏"诗趣

下面的诗句都是用"黄昏"一词来押韵的,现在把其中的一个字空出来,请猜一猜是什么字?

① 一去紫台连朔漠,独留青冢（　）黄昏。
② 犹去孤舟三四里,水烟沙雨（　）黄昏。
③ 银钥却收金锁合,月明花落（　）黄昏。
④ 江月转空为白昼,岭云分暝（　）黄昏。
⑤ 疏影横斜水清浅,暗香浮动（　）黄昏。
⑥ 千点乱山横紫翠,一钩新月（　）黄昏。
⑦ 昨日流莺今不见,乱萤飞出（　）黄昏。
⑧ 凤辇不来春欲尽,空留莺语（　）黄昏。
⑨ 云意不知残照好,却将微雨（　）黄昏。
⑩ 夹岸哀筝横笛外,谁家小立（　）黄昏。

答案: ①向 ②欲 ③又 ④与 ⑤月 ⑥挂 ⑦照 ⑧到 ⑨送 ⑩怨

第2章 励志·信念

长风破浪会有时,直挂云帆济沧海。

——【唐】李白《行路难·其一》

【佳句解析】

　　总会有一天,我能乘长风破万里浪,高挂着风帆渡过茫茫大海,到达彼岸。

【原作欣赏】

行路难·其一

金樽清酒斗十千①,玉盘珍馐直万钱②。
停杯投箸不能食,拔剑四顾心茫然。
欲渡黄河冰塞川,将登太行雪暗天。
闲来垂钓碧溪上,忽复乘舟梦日边③。
行路难,行路难,多歧路,今安在④。
长风破浪会有时⑤,直挂云帆济沧海⑥。

❶ **樽:** 古代盛酒的器具。**清酒:** 清醇的美酒。**斗十千:** 一斗值十千钱(即万钱),形容酒美价高。
❷ **珍馐:** 珍贵的菜肴。**直:** 通"值",价值。
❸ **"闲来""忽复"两句:** 姜太公曾在渭河附近的小溪上钓鱼,得遇周

文王,助周灭商;伊尹曾梦见自己乘船从日月旁边经过,后被商汤聘请,助商灭夏。诗人暗示古人能有此机遇,自己也不见得没有。

④ **今安在**:出路将会在什么地方?**安**:疑问代词,哪里。

⑤ **长风破浪**:比喻远大的志向得以施展。据《宋书·宗悫传》载:宗悫少年时,叔父宗炳问他的志向,他说:"愿乘长风破万里浪。"

⑥ **云帆**:高悬的船帆。船在海里航行,因天水相连,船帆好像出没在云雾之中。

佳句品读

诗人此前展示了自己层层叠叠的感情起伏变化,既充分显示了黑暗污浊的政治现实对诗人的宏大理想抱负的阻遏,反映了由此而引起的诗人内心的强烈苦闷、愤郁和不平,同时又突出表现了诗人的倔强、自信和他对理想的执著追求。这两句经过前面的反复回旋以后,境界忽开,唱出了高昂乐观的调子,诗人相信自己的理想抱负总有实现的一天,表明了他力图从苦闷中挣脱出来的强大精神力量。

【作者简介】

李白(701—762),字太白,号青莲居士,是屈原之后最伟大的浪漫主义诗人,有"诗仙"之称。与杜甫齐名,世称"李杜"。存诗千余首,有《李太白集》传世。

【佳句接龙】

长风破浪会有时,直挂云帆济沧海。(【唐】李白《行路难·其一》)➡ 海上生明月,天涯共此◯。(【唐】张九龄《望月怀远》)
➡ ◯人不识余心乐,将谓偷闲学少◯。(【北宋】程颢《春日》

第2章 励志

偶成》→ ●年不带看花眼，不是愁中即病●。（【南宋】杨万里《伤春》）→ ●兴诸将谁降敌，负国奸臣主议●。（【明】于谦《岳忠武王祠》）→ ●气吹绿野，梅雨洒芳●。（【唐】李世民《咏雨》）→ ●家无四邻，独坐一园●。（【唐】卢照邻《春晚山庄率题二首》）→ ●眠不觉晓，处处闻啼●。（【唐】孟浩然《春晓》）→ ●没汉诸陵，草平秦故●。（【唐】李益《与王楚同登青龙寺上方》）→ ●堂花覆席，观阁柳垂疏。（【唐】苏颋《慈恩寺二月半寓言》）

答案：长风破浪会有时，直挂云帆济沧海。→海上生明月，天涯共此时。→时人不识余心乐，将谓偷闲学少年。→年年不带看花眼，不是愁中即病中。→中兴诸将谁降敌，负国奸臣主议和。→和气吹绿野，梅雨洒芳田。→田家无四邻，独坐一园春。→春眠不觉晓，处处闻啼鸟。→鸟没汉诸陵，草平秦故殿。→殿堂花覆席，观阁柳垂疏。

诗词趣谈

古诗词中的比喻字

请填上下列古诗词中的喻体。
① 洞庭春尽水如（　）（柳宗元）。
② 清歌一曲月如（　）（高适）。
③ 子规声里雨如（　）（翁卷）。
④ 燕山雪花大如（　）（李白）。
⑤ 天街小雨润如（　）（韩愈）。

33

⑥ 中原北望气如（　）（陆游）。
⑦ 官仓老鼠大如（　）（曹邺）。
⑧ 洛阳城外花如（　）（韦庄）。
⑨ 高城望断尘如（　）（秦观）。
⑩ 春来江水绿如（　）（白居易）。

答案：①天　②霜　③烟　④席　⑤酥　⑥山　⑦斗　⑧雪　⑨雾　⑩蓝

大鹏一日同风起，扶摇直上九万里。

——【唐】李白《上李邕》

【佳句解析】

大鹏总有一天会和风飞起，凭借风力直上九天云外。

【原作欣赏】

上李邕①

大鹏一日同风起，扶摇直上九万里②。
假令风歇时下来③，犹能簸却沧溟水④。
世人见我恒殊调⑤，闻余大言皆冷笑⑥。
宣父犹能畏后生⑦，丈夫未可轻年少⑧。

注释

❶ **上**：呈上。**李邕**：字泰和，广陵江都（今江苏江都市）人。有才华，性倜傥，唐玄宗时任北海（今山东青州市）太守，书法、文章都有名，世称李北海。后被李林甫杀害。李邕年辈早于李白，故诗题云"上"。从这首诗中，可以看出青年时期的李白的豪情壮志。

❷ **扶摇**：由下而上的大旋风。

③ **假令**：假使，即使。
④ **簸却**：激扬。**沧溟**：大海。
⑤ **恒**：常常。**殊调**：格调特殊。
⑥ **余**：我。**大言**：大话。
⑦ **宣父**：即孔子，唐太宗贞观年间诏尊孔子为宣父。
⑧ **丈夫**：古代男子的通称，此指李邕。

佳句品读

> 大鹏是《庄子·逍遥游》中的神鸟，象征着翱翔于九霄之上的自由。诗人年轻时胸怀大志，又深受道家哲学的影响，心中充满了浪漫的幻想和宏伟的抱负。他以"扶摇直上九万里"的大鹏自比，显示了非凡的自信和气魄。

【佳句接龙】

大鹏一日同风起，扶摇直上九万里。（【唐】李白《上李邕》）

➡ 里中竞长短，来问劣与 ●。（【唐】元稹《阳城驿》）➡ ● 钵

罗花万劫春，频犁田地绝纤 ●。（【唐】贯休《道情偈三首·其三》）

➡ ● 衣濯罢沧浪水，茅舍归来会计 ●。（【南宋】陆游《闲中偶咏》）

➡ ● 簇暮云千野雨，江分秋水九条 ●。（【唐】杜牧《将赴京题陵阳王氏水居》）

➡ ● 水茫茫，千里斜阳 ●。（【北宋】苏轼《点绛唇》）

➡ ● 云千里伤心处，那更乱蝉疏 ●。（【南宋】刘克庄《摸鱼儿》）

➡ ● 院灯疏，梅厅雪在，谁与细倾春 ●。（【南宋】史达

祖《喜迁莺》）→ 空寥廓，瑞星银汉争 。（【北宋】朱敦儒《念奴娇·垂虹亭》）→ 阁峰头雪，城中望亦寒。（【唐】姚合《寄白阁默然》）

答案：大鹏一日同风起，扶摇直上九万里。→里中竞长短，来问劣与优。→优钵罗花万劫春，频犁田地绝纤尘。→尘衣濯罢沧浪水，茅舍归来会计山。→山簇暮云千野雨，江分秋水九条烟。→烟水茫茫，千里斜阳暮。→暮云千里伤心处，那更乱蝉疏柳。→柳院灯疏，梅厅雪在，谁与细倾春碧。→碧空寥廓，瑞星银汉争白。→白阁峰头雪，城中望亦寒。

诗词趣谈

八仙过八江

"八仙过海，各显神通"，八仙过完东海之后又逛了八条江河，一个个玩得十分尽兴。八仙腾云回到天宫，恰逢七仙女倚栏眺望，她看见八仙每个人都兴高采烈的，便问道："诸位仙长云游华夏，不知都到了哪些地方呀？"八仙见问，却不明说，笑声朗朗地抛下一串串诗句让她猜。

吕洞宾说："自古情思齐天地。"铁拐李说："红豆初发难知秋。"张果老说："世民泼墨勤书法。"汉钟离说："两岸放青牧鸭忙。"曹国舅说："昨夜浊梦匆匆去。" 韩湘子说："今朝清歌玉盘妆。"蓝采和说："含苞欲放千姿美。"何仙姑说："洛阳一开百花羞。"七仙女十分聪明，一下子就猜出来了："啊！大仙们畅游了八条江。"

您能说出这八条江的名字吗？

答案：这八条江是：长江、嫩江、黑龙江、鸭绿江、浑江、珠江、松花江、牡丹江。

> 出师未捷身先死,长使英雄泪满襟。
>
> ——【唐】杜甫《蜀相》

【佳句解析】

　　可惜出师伐魏未及成功就病亡军中,令历代英雄一想到便不禁涕泪满裳!

【原作欣赏】

蜀相①

丞相祠堂何处寻②,锦官城外柏森森③。
映阶碧草自春色④,隔叶黄鹂空好音。
三顾频烦天下计⑤,两朝开济老臣心⑥。
出师未捷身先死,长使英雄泪满襟。

① **蜀相**:三国时蜀汉丞相,指诸葛亮。
② **丞相祠堂**:即诸葛武侯祠,在今成都,晋李雄初建。
③ **锦官城**:今四川省成都市。**森森**:树木茂盛繁密的样子。
④ **自**:空。
⑤ **三顾**:指刘备三顾茅庐请诸葛亮出山。**顾**:拜访,探望。**频烦**:犹"频繁",多次。
⑥ **两朝开济**:指诸葛亮辅助刘备开创帝业,后又辅佐刘禅。**两朝**:刘备、刘禅父子两朝。**开济**:开,开创。济,扶助。

佳句品读

　　"出师"句指的是诸葛亮为了伐魏,曾经六出祁山之事。蜀汉后主建兴十二年(234)春,诸葛亮统率大军,后出斜谷,占据了五丈原,与司马懿隔着渭水相持了一百多天,八月病死在军中。"英雄",这里泛指,包括诗人自己在内的追怀诸葛亮的有志之士。

这尾联两句承接着前面两句,叙事兼抒情,表现出诗人对诸葛亮献身精神的景仰和对其事业未竟的痛惜心情。

【作者简介】

杜甫(712—770),字子美,自号少陵野老,唐代最伟大的现实主义诗人,与李白并称"李杜",被尊为"诗圣"。现存诗1 400多首,有《杜工部集》传世。

【佳句接龙】

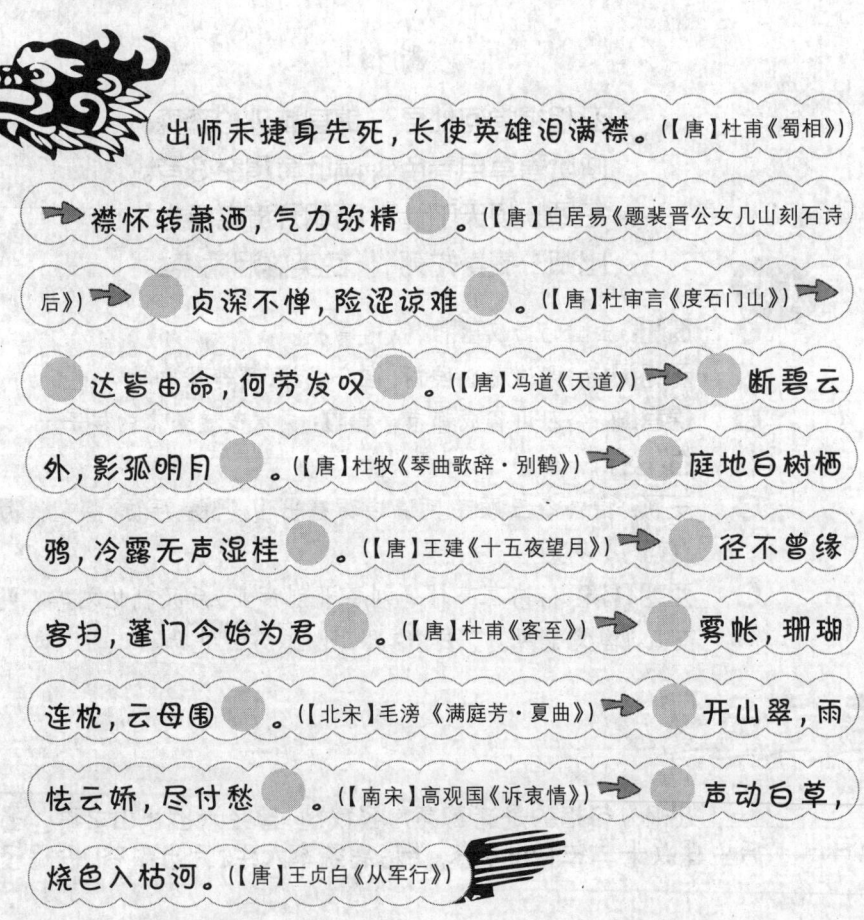

出师未捷身先死,长使英雄泪满襟。(【唐】杜甫《蜀相》)

➡ 襟怀转萧洒,气力弥精● 。(【唐】白居易《题裴晋公女几山刻石诗后》)➡ ● 贞深不惮,险涩谅难● 。(【唐】杜审言《度石门山》)➡

● 达皆由命,何劳发叹● 。(【唐】冯道《天道》)➡ ● 断碧云外,影孤明月● 。(【唐】杜牧《琴曲歌辞·别鹤》)➡ ● 庭地白树栖鸦,冷露无声湿桂● 。(【唐】王建《十五夜望月》)➡ ● 径不曾缘客扫,蓬门今始为君● 。(【唐】杜甫《客至》)➡ ● 雾帐,珊瑚连枕,云母围● 。(【北宋】毛滂《满庭芳·夏曲》)➡ ● 开山翠,雨怯云娇,尽付愁● 。(【南宋】高观国《诉衷情》)➡ ● 声动白草,烧色入枯河。(【唐】王贞白《从军行》)

答案：出师未捷身先死，长使英雄泪满襟。→襟怀转萧洒，气力弥精坚。→坚贞深不惮，险涩谅难穷。→穷达皆由命，何劳发叹声。→声断碧云外，影孤明月中。→中庭地白树栖鸦，冷露无声湿桂花。→花径不曾缘客扫，蓬门今始为君开。→开雾帐，珊瑚连枕，云母围屏。→屏开山翠，雨怯云娇，尽付愁边。→边声动白草，烧色入枯河。

诗词趣谈

《玉房怨》诗谜

相传古代有一位女子叫顾春，妙龄之年，受父母之命、媒妁之言，嫁给了一个富家子弟。婚后不久，那个富家子弟便对顾春十分冷淡，常常夜不归宿。

有一年元宵佳节，顾春独坐玉房，百感交集，取来笔墨香笺，写了一首《玉房怨》：

元宵夜，兀坐灯窗下，
问苍天，人在谁家？
恨玉郎，全无一点真心话，
叫奴欲罢（罢）不能罢（罢），
吾今舍口不言他。
论交情，曾不差，
染尘皂，难说清白话。
恨不是一刀两断分两家，
可怜奴，手中无力难抛下，
我今设一计，教他无言可答。

这首《玉房怨》传出后，文人雅士都争相传抄，并加以各种评论，但皆属一般。一日，此词落到一位才子手中，这位才子看过《玉房怨》后，高声喝彩道："才女为情造文，不仅词如鼓瑟，声声见心，而且蕴含妙趣！"听的人一时不解，争问是什么妙趣，才子解释后，众人叹服。

这首词妙趣何在？

答案：这首词蕴含十个字：一、二、三、四、五、六、七、八、九、十。

会当凌绝顶，一览众山小。

——【唐】杜甫《望岳》

【佳句解析】

一定要登上泰山的顶峰，俯瞰那众山，而众山就会显得极为渺小。

【原作欣赏】

望岳①

岱宗夫如何②？齐鲁青未了③。
造化钟神秀④，阴阳割昏晓⑤。
荡胸生层云⑥，决眦入归鸟⑦。
会当凌绝顶⑧，一览众山小⑨。

① **岳**：此指东岳泰山，泰山为五岳之首，在今山东省泰安市城北。其余四岳为西岳华山、北岳恒山、南岳衡山、中岳嵩山。

② **岱宗**：泰山亦名岱山或岱岳。古代以泰山为五岳之首，诸山所宗，故称"岱宗"。历代帝王凡举行封禅大典，皆在此山。**夫**（fú）：发音词，无实在意义。

③ **齐鲁**：原是春秋战国时代的两个国名，后世以齐鲁代称山东地区。**青未了**：指郁郁苍苍的山色无边无际。**青**：指山色。**未了**：不尽。

④ **造化**：指天地，大自然。**钟**：钟爱，偏爱。**神秀**：指（泰山的景色）神奇秀丽。

⑤ **阴阳**：古代山南叫"阳"，山北叫"阴"。**割**：分隔。**昏晓**：黄昏和早晨。此句是说泰山很高，在同一时间，山南山北判若早晨和黄昏。

⑥ **荡胸**：心胸摇荡。**层云**：重叠的云。

⑦ **决眦**（zì）：极力张大眼睛。**决**：裂开。**眦**：眼角。**入**：收入眼底，即看到。

❽ **会当**：终要，终当。**凌**：登上。
❾ **小**：形容词的意动用法，意思为"以……为小，认为……小"。

佳句品读

　　这两句诗描绘了泰山雄伟磅礴的气象，抒发了诗人向往登上绝顶的壮志，表现了一种敢于进取、积极向上的人生态度，这正是他能够成为伟大诗人的关键所在，也是一切有所作为的人们所不可缺少的。诗句气魄宏伟，造语挺拔，极富哲理性，充分显示了青年杜甫卓越的创作才华。

【佳句接龙】

答案：会当凌绝顶，一览众山小。→小楼一夜听春雨，深巷明朝卖杏花。→花径不曾缘客扫，蓬门今始为君开。→开门复动竹，疑是故人来。→来时见我江南岸，今日送君江上头。→头白始得志，色衰方事人。→人生得意须尽欢，莫使金樽空对月。→月暗枭鸣树，船归犬吠门。→门巷掩萧条，落花满芳草。→草草穿银峡，崎岖路未谙。

诗词趣谈

直到清明方罢

这天，王员外家的老管家就要走了，他将结好的账交给来接手的新管家。他俩刚交接完，王员外走了进来，跟新管家说："你是新来的，那我出道题考考你。"他随手将老管家的毛笔往算盘上一放，说道："古人留下一座桥，一边多来一边少。少的要比多的多，多的反比少的少。"

新管家听完，恭恭敬敬地答道："老爷，是这样的：五男二女分家，打得纷乱如麻。欲问何时了结，直到清明方罢。"王员外点头笑道："你答对了。"

请猜猜，他们在说的什么谜？

答案：新管家以新谜面回答王员外的谜底，说的就是算盘。

春风得意马蹄疾，一日看尽长安花。

——【唐】孟郊《登科后》

【佳句解析】

　　愉快地骑着马儿奔驰在春风里，一天的时间就把长安城的美景全看完了。

【原作欣赏】

登科后

昔日龌龊不足夸①，今朝放荡思无涯②。
春风得意马蹄疾，一日看尽长安花。

① 龌龊：指处境不如意和思想上的拘谨局促。
② 放荡：自由自在，无所拘束。

佳句品读

"春风"，既指自然界的春风，也象征着朝廷之恩；"得意"，既指进士及第这一得意之事，也指心情上称心如意。这两句诗不仅活灵活现地描绘了诗人登科后迎着春风策马奔驰于鲜花烂漫的长安道上的神采飞扬之态，而且酣畅淋漓地抒发了"人逢喜事精神爽"的兴奋心情，明朗畅达而又别有情韵。

【作者简介】

孟郊（751—814），字东野，唐代诗人。现存诗歌500多首，以短篇的五言古诗最多，有"诗囚"之称，与贾岛齐名，人称"郊寒岛瘦"。

【佳句接龙】

春风得意马蹄疾，一日看尽长安花。（【唐】孟郊《登科后》）

➡ 花明玉关雪，叶暖金窗●。（【唐】李白《横吹曲辞·折杨柳》）➡

➡ ●花宜落日，丝管醉春●。（【唐】李白《杂曲歌辞·宫中行乐词》）➡

➡ ●急天高猿啸哀，渚清沙白鸟飞●。（【唐】杜甫《登高》）➡ 来

饮马长城窟,长安道傍多白◯。([唐]王翰《相和歌辞·饮马长城窟行》)

→ ◯肉恩书重,漂泊难相◯。([唐]杜甫《得舍弟消息》) → ◯酒

且呵呵,人生能几◯。([唐]韦庄《菩萨蛮·其四》) → ◯当共剪西

窗烛,却话巴山夜雨◯。([唐]李商隐《夜雨寄北》) → ◯寻一枕梦,

闲展数行◯。([南宋]陆游《即事》) → ◯赠同怀人,词中多苦辛。

([唐]贾岛《戏赠友人》)

答案:春风得意马蹄疾,一日看尽长安花。→花明玉关雪,叶暖金窗烟。→烟花宜落日,丝管醉春风。→风急天高猿啸哀,渚清沙白鸟飞回。→回来饮马长城窟,长安道傍多白骨。→骨肉恩书重,漂泊难相遇。→遇酒且呵呵,人生能几何。→何当共剪西窗烛,却话巴山夜雨时。→时寻一枕梦,闲展数行书。→书赠同怀人,词中多苦辛。

诗 词 趣 谈

"诗菜"

　　有位厨师精通诗词,他做的每道菜,都能对出一句优美的诗句来。一位秀才故意出个难题,给厨师两个鸡蛋,要他办成一桌酒席,并且每道菜要表示一句古诗。厨师欣然接受,做了四道菜。第一道菜是两个炖蛋黄,几根青菜丝;第二道菜,把熟蛋白切成小块,排成一个队形,下面铺了一张青菜叶子;第三道菜,清炒蛋白一撮;第四道菜,一碗清汤,上面浮着四个蛋壳。秀才见了,深表佩服。您知道这四道菜代表了哪四句诗吗?

答案:两个黄鹂鸣翠柳,一行白鹭上青天。窗含西岭千秋雪,门泊东吴万里船。

> 沉舟侧畔千帆过,病树前头万木春。
>
> ——【唐】刘禹锡 《酬乐天扬州初逢席上见赠》

【佳句解析】

沉船的旁边有千帆驶过,枯萎的树前头有万木争春。

【原作欣赏】

酬乐天扬州初逢席上见赠①

巴山楚水凄凉地②,二十三年弃置身③。
怀旧空吟闻笛赋④,到乡翻似烂柯人⑤。
沉舟侧畔千帆过,病树前头万木春。
今日听君歌一曲,暂凭杯酒长精神⑥。

① **酬:** 答谢,这里是以诗相答的意思。**乐天:** 指白居易,字乐天。

② **巴山楚水:** 古时四川东部属于巴国,湖南北部和湖北等地属于楚国。刘禹锡曾被贬到这些地方做官,所以用巴山楚水指诗人被贬到之地。

③ **二十三年:** 从唐顺宗永贞元年(805)刘禹锡被贬为连州刺史到写此诗时,共22个年头,因第二年才能回到京城,所以说23年。**弃置身:** 指遭受贬谪的诗人自己。

④ **怀旧:** 怀念故友。**闻笛赋:** 指西晋向秀的《思旧赋》。三国曹魏末年,向秀的朋友嵇康、吕安因不满司马氏篡权而被杀害。后来,向秀经过嵇康、吕安的旧居,听到邻人吹笛,勾起了对故人的怀念。序文中说:自己经过嵇康旧居,因写此赋追念他。刘禹锡借用这个典故怀念已死去的王叔文、柳宗元等人。

⑤ **翻似:** 倒好像。**翻:** 副词,反而。**烂柯人:** 指晋人王质。相传晋人王质上山砍柴,看见两个童子下棋,就停下观看,等棋局终了,手中

的斧把已经朽烂。回到村里,才知道已过了百年,同代人都已经亡故。作者以此典故表达自己遭贬23年,人事全非,暮年返乡恍如隔世的感慨。

❻ 长(zhǎng)精神:振作精神。长:增长,振作。

佳句品读

刘禹锡以沉舟、病树比喻自己,他固然感到惆怅,却又相当达观,显示出对世事变迁和仕宦升沉的豁达襟怀。这两句描写形象生动,富于哲理,深刻地反映了事物的变化发展规律,因而成为广为传诵的名句,至今仍常常被人引用,用于说明新事物必将取代旧事物。

【作者简介】
刘禹锡(772—842),字梦得,唐代中晚期著名诗人,有"诗豪"之称。他在政治上主张革新,曾是王叔文派政治革新活动的中心人物之一。

【佳句接龙】

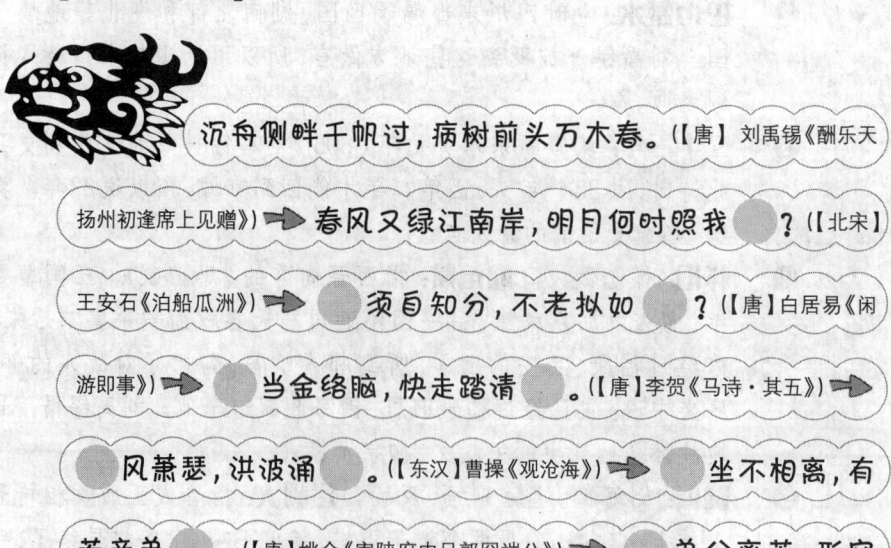

沉舟侧畔千帆过,病树前头万木春。(【唐】刘禹锡《酬乐天扬州初逢席上见赠》)➡ 春风又绿江南岸,明月何时照我⬤?(【北宋】王安石《泊船瓜洲》)➡ ⬤须自知分,不老拟如⬤?(【唐】白居易《闲游即事》)➡ ⬤当金络脑,快走踏清⬤。(【唐】李贺《马诗·其五》)➡ ⬤风萧瑟,洪波涌⬤。(【东汉】曹操《观沧海》)➡ 坐不相离,有若亲弟⬤。(【唐】姚合《寄陕府内兄郭冏端公》)➡ 弟分离苦,形容

老病 ●。([唐]杜甫《送舍弟颖赴齐州三首·其二》)→ ● 月上,唤风 ●。

([南宋]辛弃疾《鹧鸪天》)→ ● 相伴、凄然客影,谢他穷 ●。([南宋]蒋

捷《满江红》)→ ● 神骇犀炬,天地赫龙火。([南宋]陆游《航海》)

答案:沉舟侧畔千帆过,病树前头万木春。→春风又绿江南岸,明月何时照我还?→还须自知分,不老拟如何?→何当金络脑,快走踏清秋。→秋风萧瑟,洪波涌起。→起坐不相离,有若亲弟兄。→兄弟分离苦,形容老病催。→催月上,唤风来。→来相伴、凄然客影,谢他穷鬼。→鬼神骇犀炬,天地赫龙火。

诗词趣谈

画谜之争

新春游艺会上,许多人围着看一幅画。画面上,一轮红日正挂在西山之巅,座座青山,峰峰相连,沐浴在落日的余晖之中,显得很有气魄。在画的旁边写着:"此画打诗一句,猜中者,将此画相赠。"围观的人一边啧啧称赞,一边默默寻思。这时,一位老大爷说:"我猜此画所射之诗,是李商隐的《乐游原》中的诗句:'夕阳无限好,只是近黄昏'。"一位小青年则不赞同:"一则,画上说打一句诗,而您说的是两句;二则,您说的这两句调子有些低沉,也并非画中之意。"老大爷问:"看来你已胸有成竹了?"小青年兴致勃勃地高声朗诵了一句……主持人笑着说:"猜中了!"便把这幅画赠给了这位小青年。您能猜出这句诗是什么吗?

答案:满目青山夕照明。

千淘万漉虽辛苦,吹尽狂沙始到金。

——【唐】刘禹锡《浪淘沙·其八》

【佳句解析】

淘金要经过千遍万遍的过滤,虽然历尽千辛万苦,但是只有淘尽泥沙,最后才能得到闪闪发光的黄金。

【原作欣赏】

浪淘沙·其八

莫道谗言如浪深,莫言迁客似沙沉①。
千淘万漉虽辛苦,吹尽狂沙始到金②。

① **迁客：** 指谪降外调的官。
② **"千淘""吹尽"两句：** 比喻清白正直的人虽然一时被小人陷害,历尽辛苦之后,他的价值还是会被发现的。**淘、漉：** 过滤。

佳句品读

这两句诗的字面意思看起来是在写淘金的人要经过"千淘万漉",滤尽泥沙,最后才能得到金子,写的是淘金人的艰辛。但是在这首诗中,诗人是在借以表明自己的心志：那些清白正直的忠贞之士虽然遭受谗言诽谤、小人诬陷而被罢官降职,贬谪他乡,但是他们并不会由此而沉沦于现实的泥沙之中,也不会改变自己的初衷,历经艰辛和磨难之后,终究还是会洗清冤屈,还以清白,就像淘金一样,尽管"千淘万漉",历尽辛苦,但是终究总会"吹尽狂沙",是金子迟早总是要发光的。

【佳句接龙】

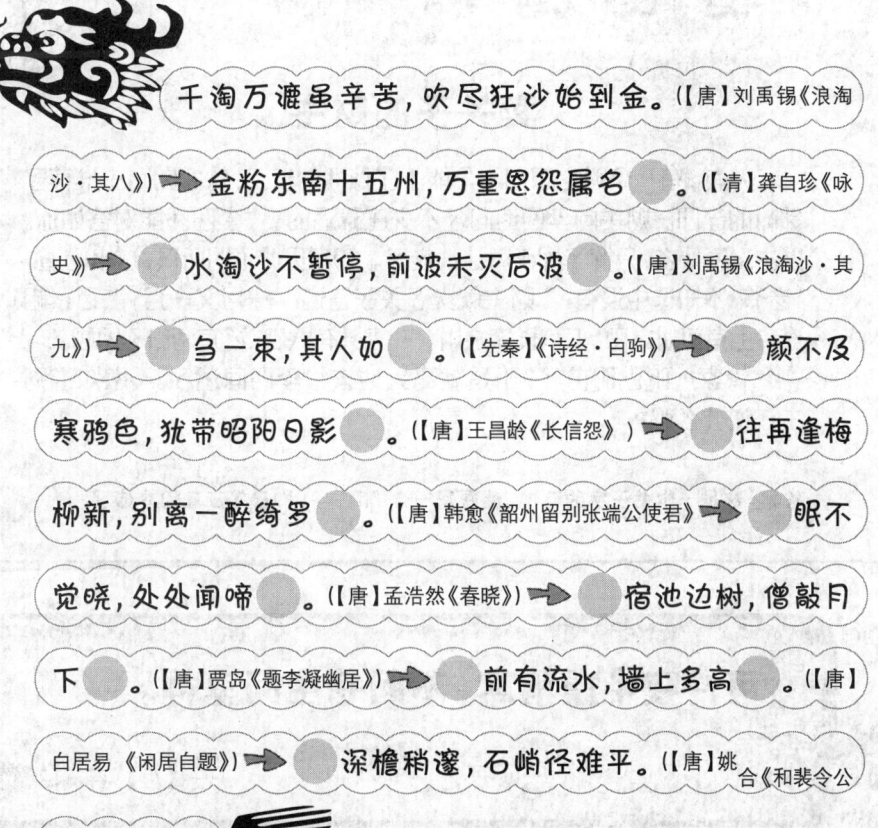

答案：千淘万漉虽辛苦，吹尽狂沙始到金。→金粉东南十五州，万重恩怨属名流。→流水淘沙不暂停，前波未灭后波生。→生刍一束，其人如玉。→玉颜不及寒鸦色，犹带昭阳日影来。→来往再逢梅柳新，别离一醉绮罗春。→春眠不觉晓，处处闻啼鸟。→鸟宿池边树，僧敲月下门。→门前有流水，墙上多高树。→树深檐稍邃，石峭径难平。

诗词趣谈

卖关子的财主

从前,有一个财主想招一个能干庄稼活的长工,管家向财主推荐了邻村的李四。财主向李四询问了不少庄稼活的事,李四都能对答如流。财主没说什么,只挥了挥手就让他走了。管家见此不明所以,过来问道:"老爷,不知选中没有?"财主就卖了关子答道:"一月又一月,二月紧相连。上有可耕之田,下有长流之川。一家共有六口,还有两口不团圆。"

管家一听就明白了,于是就高兴地去给李四回话了。您知道财主在说什么吗?

答案:这是一个关于字的诗谜,谜底是一个"用"字,即已答应雇用李四了。

可怜夜半虚前席,不问苍生问鬼神。

——【唐】李商隐《贾生》

【佳句解析】

可惜的是,虽然谈到三更半夜竟是白白地向前移席,因为皇帝关心询问的并不是天下百姓,而是鬼神。

【原作欣赏】

贾生①

宣室求贤访逐臣②,贾生才调更无伦③。
可怜夜半虚前席④,不问苍生问鬼神⑤。

注释

① **贾生**：贾谊，西汉著名的政论家，力主改革弊政，却遭谗被贬，一生抑郁不得志。
② **宣室**：汉未央官前殿的正室。**逐臣**：被贬之臣。贾谊被贬后，汉文帝曾将他召还，问事于宣室。
③ **才调**：才华气格。
④ **可怜**：可惜，可叹。
⑤ **苍生**：百姓。**问鬼神**：事见《史记·屈原贾生列传》。汉文帝接见贾谊，"问鬼神之本。贾生因具道所以然之状。至夜半，文帝前席"。

汉文帝史称明君，贾谊更是一代贤才，但文帝在宣室接见贾谊，君臣晤谈直至夜半，他殷殷垂询的不是安民之策，虚心听取的只是鬼神之事。诗句明写文帝不能识贤、任贤，也暗讽晚唐皇帝服药求仙，荒于政事，不顾民生的昏庸特性。诗人自己空有远大抱负，却身处衰世，长期抑郁不得志，他慨叹贾生的不遇明主，实际也是感喟自己的生不逢时，自伤之意尽在言外。

【作者简介】

李商隐（约812—约858），字义山，晚唐著名诗人，擅长骈文写作，擅作七律和五言排律。他与杜牧合称"小李杜"，与温庭筠合称为"温李"。

【佳句接龙】

可怜夜半虚前席，不问苍生问鬼神。（【唐】李商隐《贾生》）

➡ 神龟虽寿，犹有竟●。（【东汉】曹操《龟虽寿》）➡ ● 危见臣节，世乱识忠○。（【南朝·宋】鲍照《代出自蓟北门行》）→○人玉勒乘骢马，侍女金盘脍鲤○。（【唐】王维《洛阳女儿行》）→○床侵岸水，鸟路入山○。（【唐】王勃《春日还郊》）→○笼寒水月笼沙，夜泊秦淮近酒○。（【唐】杜牧《泊秦淮》）→○家流血如泉沸，处处冤声声动○。（【唐】韦庄《秦妇吟》）→○崩山摧壮士死，然后天梯石栈方钩○。（【唐】李白《蜀道难》）→○云衰草，连天晚照，连山红○。（【北宋】朱敦儒《十二时》）→○暗庭帏满，花残院锦疏。（【唐】李峤《四月奉教作》）

答案：可怜夜半虚前席，不问苍生问鬼神。→神龟虽寿，犹有竟时。→时危见臣节，世乱识忠良。→良人玉勒乘骢马，侍女金盘脍鲤鱼。→鱼床侵岸水，鸟路入山烟。→烟笼寒水月笼沙，夜泊秦淮近酒家。→家家流血如泉沸，处处冤声声动地。→地崩山摧壮士死，然后天梯石栈方钩连。→连云衰草，连天晚照，连山红叶。→叶暗庭帏满，花残院锦疏。

诗词趣谈

解缙化险

相传明成祖有一次命才子解缙在一把绘有西北风光的扇子上题诗，解缙就题写了王之涣的《凉州词》：黄河远上白云间，一片孤城万仞山。羌笛何须怨杨柳，春风不度玉门关。不料解缙一时疏忽，竟将诗中的"间"字漏写了，有人便暗中启奏，明成祖大怒，欲治解缙"欺君之罪"。谁知解缙不慌不忙地说："微臣这是依王之涣诗意，另外做的一首词。"说

罢便在诗中加上标点。明成祖一看,果然成了一首完整无缺的词,于是解缙便得以转危为安。

您知道解缙是如何在缺了一个"间"字的王之涣原诗中加上标点的吗?

答案: 黄河远上,白云一片,孤城万仞山。羌笛何须怨,杨柳春风,不度玉门关。

生当作人杰,死亦为鬼雄。

——【南宋】李清照《夏日绝句》

【佳句解析】

活着就应当做人中的豪杰,死后也应该成为鬼中的英雄。

【原作欣赏】

夏日绝句

生当作人杰①,死亦为鬼雄②。
至今思项羽③,不肯过江东④。

❶ **人杰:** 人中的豪杰。汉高祖曾称赞开国功臣张良、萧何、韩信是"人杰"。

❷ **鬼雄:** 鬼中的英雄。屈原《国殇》:"身既死兮神以灵,子魂魄兮为鬼雄。"

❸ **项羽**(前232—前202):秦末下相(今江苏宿迁)人。曾领导起义军消灭秦军主力,自立为西楚霸王。后为刘邦所败,突围至乌江(在今安徽和县),因无颜见江东父老,自刎而死。

❹ **江东:** 项羽当初随叔父项梁起兵的地方。

佳句品读

这两句诗起调高亢,铿锵有力地提出了人生的价值取向:人活着就要作人中的豪杰,为国家建功立业;死也要为国捐躯,成为鬼中的英雄。字词当中凝聚了凛然风骨,承载着浩然正气,爱国激情溢于言表。诗人借此鞭挞南宋当权派的无耻行径,借古讽今,在当时确有振聋发聩的作用。

【作者简介】

李清照(1084—1155),号易安居士,南宋著名女词人,婉约词派代表。有《易安居士文集》《易安词》,已散佚,后人有《漱玉词》辑本。

【佳句接龙】

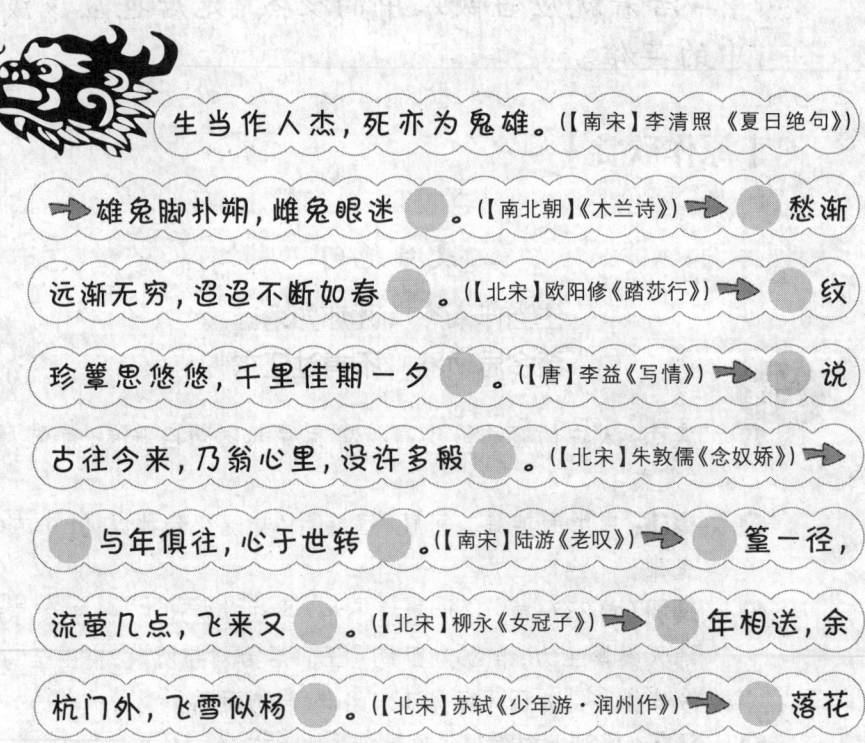

生当作人杰,死亦为鬼雄。(【南宋】李清照《夏日绝句》)

➡ 雄兔脚扑朔,雌兔眼迷⦿。(【南北朝】《木兰诗》)➡ ⦿愁渐

远渐无穷,迢迢不断如春⦿。(【北宋】欧阳修《踏莎行》)➡ ⦿纹

珍簟思悠悠,千里佳期一夕⦿。(【唐】李益《写情》)➡ ⦿说

古往今来,乃翁心里,没许多般⦿。(【北宋】朱敦儒《念奴娇》)➡

⦿与年俱往,心于世转⦿。(【南宋】陆游《老叹》)➡ ⦿篆一径,

流萤几点,飞来又⦿。(【北宋】柳永《女冠子》)➡ ⦿年相送,余

杭门外,飞雪似杨⦿。(【北宋】苏轼《少年游·润州作》)➡ ⦿落花

开,几度池塘。(【北宋】张元幹《蝶恋花》)→ ●堂高树下,月向后池生。(【唐】李端《宿兴善寺后堂池》)

答案:生当作人杰,死亦为鬼雄。→雄兔脚扑朔,雌兔眼迷离。→离愁渐远渐无穷,迢迢不断如春水。→水纹珍簟思悠悠,千里佳期一夕休。→休说古往今来,乃翁心里,没许多般事。→事与年俱往,心于世转疏。→疏篱一径,流萤几点,飞来又去。→去年相送,余杭门外,飞雪似杨花。→花落花开,几度池塘草。→草堂高树下,月向后池生。

诗词趣谈

传统词谜

前面我们已经猜过一个《忆江南》词谜,想必您对传统词谜也已有所了解,您能猜出下面这个词谜吗?

　　　　如梦令

两个孪生儿子,
貌丑身形相似。
手足不相投,
乍看难分彼此。
彼此,彼此,
永远相连一起。
(打一生物名)

答案:孑孓(蚊子的幼虫)。

青山遮不住,毕竟东流去。

——【南宋】辛弃疾《菩萨蛮·书江西造口壁》

【佳句解析】

青山怎能把江水挡住,浩浩江水终于向东流去。

【原作欣赏】

菩萨蛮·书江西造口壁[1]

郁孤台下清江水[2],中间多少行人泪。西北望长安[3],可怜无数山[4]。青山遮不住,毕竟东流去[5]。江晚正愁余[6],山深闻鹧鸪[7]。

注释

[1] **造口:** 即皂口,镇名。在今江西省万安县西南60里处。
[2] **郁孤台:** 古台名,在今江西赣州市西南的贺兰山上,因"隆阜郁然,孤起平地数丈"而得名。**清江:** 赣江与袁江合流处旧称清江,这里指赣江。
[3] **长安:** 今陕西省西安市,为汉唐故都。这里指沦于敌手的宋朝都城。
[4] **可怜:** 可惜。**无数山:** 这里指投降派(也可理解为北方沦陷国土)。
[5] **毕竟东流去:** 暗指力主抗金的时代潮流不可阻挡。
[6] **愁余:** 使我感到忧愁。
[7] **鹧鸪**(zhè gū):鸟名,传说它的叫声像"行不得也哥哥",啼声凄苦。

佳句品读

这两句借眼前景色寓有深意:青山可以遮断人们的视线,却阻拦不了人们对中原沦陷地区的关怀与想念之情。诗人由此暗示,虽然南宋统治集团设置了重重障碍,不思恢复中原,却无法阻挠人民统一国家的强烈愿望,含蓄地表达了诗人对南宋统治集团屈辱求和的不满,抒写了他关心祖国统一的爱国情怀。

【作者简介】

辛弃疾(1140—1207),字幼安,别号稼轩,南宋著名词人。他的词作在苏轼的基础上,大大开拓了词的思想意境,提高了词的文学地位,后人遂以"苏辛"并称。著有《稼轩长短句》。

【佳句接龙】

青山遮不住,毕竟东流去。(【南宋】辛弃疾《菩萨蛮·书江西造口壁》)➡去年今日此门中,人面桃花相映〇。(【唐】崔护《题都城南庄》)➡〇颜弃轩冕,白首卧松〇。(【唐】李白《赠孟浩然》)➡〇想衣裳花想容,春风拂槛露华〇。(【唐】李白《清平调·其一》)➡〇似春云淡似烟,参差绿到大江〇。(【清】纪昀《富春至严陵山水甚佳》)➡〇城多警急,胡虏数迁〇。(【三国·魏】曹植《白马篇》)➡〇船相近邀相见,添酒回灯重开〇。(【唐】白居易《琵琶行》)➡〇息花林下,高谈竹屿〇。(【唐】孟浩然《游景空寺兰若》)➡〇关莺语花底滑,幽咽泉流冰下〇。(【唐】白居易《琵琶行》)➡〇逢易散花间酒,饮罢空搔首。(【清】纳兰性德《虞美人》)

答案：青山遮不住，毕竟东流去。→去年今日此门中，人面桃花相映红。→红颜弃轩冕，白首卧松云。→云想衣裳花想容，春风拂槛露华浓。→浓似春云淡似烟，参差绿到大江边。→边城多警急，胡虏数迁移。→移船相近邀相见，添酒回灯重开宴。→宴息花林下，高谈竹屿间。→间关莺语花底滑，幽咽泉流冰下难。→难逢易散花间酒，饮罢空搔首。

诗词趣谈

宝钗应谜

《红楼梦》第二十二回《听曲文宝玉悟禅机 制灯谜贾政悲谶语》中有这样一个情节：贾母摆下香茶细果以及各式玩物，举办了一次春灯谜会，其中宝钗作的灯谜是这样四句："有眼无珠腹内空，荷花出水喜相逢。梧桐叶落叹离别，恩爱夫妻不到冬。"贾政看了心想：此物倒还有限，只是小小年纪，作此等言语，更觉不祥，看来皆非福寿之辈。他感到烦闷悲戚，劝了贾母一阵酒，就退出去了。果然，这个灯谜后来应了宝钗的结局。您知道这个灯谜打的是什么东西吗？

答案：这个灯谜是指"竹夫人"。竹夫人用竹篾编成，也有用整段竹做的，圆柱形、中空，约长三四尺，有许多大窟窿，可透风，夏天睡时抱着取凉。

第3章 读书·求知

> 少壮不努力,老大徒伤悲。
>
> ——汉乐府民歌《长歌行》

【佳句解析】

少壮年轻时不发愤努力,到老来只能是空自悔恨了。

【原作欣赏】

长歌行①

青青园中葵,朝露待日晞②。
阳春布德泽③,万物生光辉。
常恐秋节至,焜黄华叶衰④。
百川东到海,何时复西归?
少壮不努力,老大徒伤悲⑤。

① **长歌行:** 汉乐府曲调名。
② **晞:** 晒干。
③ **阳春:** 温暖的春天。**布:** 散布,洒满。**德泽:** 恩泽。
④ **焜黄:** 草木枯黄的样子。**华:** 同"花"。**衰:** 为了押韵,这里可以按古音读作cuī。
⑤ **徒:** 白白地。

佳句品读

在春天的阳光雨露之下，万物都在争相努力生长，因为它们深知秋风的厉害，都怕秋天很快到来。大自然的生命节奏如此，人生又何尝不是这样？一个人少年时如果不趁着大好时光努力学习奋斗，反而让青春白白地浪费，等到年老之时后悔也来不及了。这两句诗由眼前青春美景想到人生易逝，鼓励青年人要珍惜时光，努力向上，牢记"一寸光阴一寸金，寸金难买寸光阴"，催人奋进。

【佳句接龙】

少壮不努力，老大徒伤悲。（汉乐府民歌《长歌行》）➡ 悲虫号我傍，青灯照我○。（【南宋】陆游《离家示妻子》）➡ ○山正无云，飞去入遥○。（【唐】刘禹锡《白鹭儿》）➡ ○云阙处无多雨，愁与去帆俱○。（【南宋】高观国《齐天乐》）➡ ○师骈忌鼓鸣琴，去和南风悒舜○。（【唐】柳宗元《李西川荐琴石》）➡ ○意已零落，种之仍未○。（【唐】孟郊《观种树》）➡ ○近小阑干，夕阳无限○。（【清】纳兰性德《菩萨蛮》）➡ ○色谁题，楼前有雁斜○。（【南宋】吴文英《高阳台·丰乐楼分韵得如字》）➡ ○尺里，但平安二字，多少深○。（【南宋】刘克庄《沁园春·寄竹溪》）➡ ○铗歌弹明月堕，对萧萧、客鬓闲携手。（【南宋】葛长庚《贺新郎》）

答案：少壮不努力，老大徒伤悲。→悲虫号我傍，青灯照我前。→前山正无云，飞去入遥碧。→碧云阙处无多雨，愁与去帆俱远。→远师驺忌鼓鸣琴，去和南风惬舜心。→心意已零落，种之仍未休。→休近小阑干，夕阳无限山。→山色谁题，楼前有雁斜书。→书尺里，但平安二字，多少深长。→长铗歌弹明月堕，对萧萧、客鬓闲搔手。

诗词趣谈

"谜语村"的菜肴

这一天，"谜语村"宾馆门前停下一辆高级轿车，从车上走出一位七旬老者。司机扶着他走进宾馆，老板亲自上前迎接并亲切问道："老人家别来无恙？上次多谢指教。""看来你明白我的话了，讲给我听听？""好！"老板自信地回答。

原来，这位老人家前不久到这里吃了一顿饭，走时很不满意地说："恕我直言：你的辣椒做的是'细雨无风漂湿墙'，你的豆腐做的是'诸葛无计找张良'，你的炒肉做的是'关公走失赤兔马'，你的鸡蛋做的是'刘备提刀上战场'。"他丢下一张百元大钞，称过几天还会找上门来。

今天老人家再次上门，老板自然不敢懈怠："您上次提的意见，我们虚心接受，已经做了改进，今天请您检查，看还会不会出现上次的毛病。不知今天老先生想吃什么？"老人家说："来一盘'少时绿葱葱，老来红通通，剥开皮来看，一包小白虫'，再来一盘'看起来根红叶青，听起来起伏不平'，还要一盘'一物生来似粉团，发酵长霜像风寒，五味香粉身体染，浑身好像乱箭穿'，主食是'岸上赶来一群鹅，扑通扑通跳下河，等到潮水涨三回，一股脑儿爬上坡'。"

不一会，服务生托着盘，高声吆喝着开始上菜："'一根小树分桠杈，桠杈上面挂红瓜，大人吃的哈哈笑，孩儿吃了妈呀妈'，这是您点的第一道菜。第二道菜是'红嘴绿鹦哥，好吃营养多'。第三道菜是'碟上四块小粉团，失水失光得风寒，面带忧愁身乏懒，味道鲜美好下饭'。您要的主食是'面皮包的肉沫沫，水起泡花就下锅，大火鼓动锅中水，浮出水面就起锅'。请您慢用！"过了一会儿，老板上来敬酒："老人家，今天味道如何？""很好，很好！"

您能猜出故事中的谜语吗?

答案:
细雨无风溻湿墙——缺檐(盐)
诸葛无计找张良——失算(蒜)
关公走失赤兔马——脱缰(姜)
刘备提刀上战场——无将(酱)
三道菜分别是:辣椒、菠菜、臭豆腐。主食是:水饺。

盛年不重来,一日难再晨。

——【东晋】陶渊明《杂诗八首·其一》

【佳句解析】

一生当中年富力强之时不会再来,一天当中也难以再次出现早晨。

【原作欣赏】

杂诗八首·其一

人生无根蒂①,飘如陌上尘②。
分散逐风转,此已非常身③。
落地为兄弟④,何必骨肉亲!
得欢当作乐,斗酒聚比邻⑤。
盛年不重来⑥,一日难再晨。
及时当勉励⑦,岁月不待人。

注释

① 蒂:花或瓜果跟枝茎相连的部分。

② **陌**：东西的路，这里泛指路。这句和上句是说人生在世没有根蒂，漂泊如路上的尘土。

③ **此**：指此身。**非常身**：不是经久不变的身，即不再是盛年壮年之身。这句和上句是说生命随风飘转，此身历尽了艰难，已经不是原来的样子了。

④ **落地**：刚生下来。这句和下句是说，何必亲生的同胞弟兄才能相亲呢？意思是世人都应当视同兄弟。

⑤ **斗**：酒器。**比邻**：近邻。这句和上句是说遇到高兴的事就应当作乐，有酒就要邀请近邻共饮。

⑥ **盛年**：壮年。

⑦ **及时**：趁盛年之时。这句和下句是说应当趁年富力强之时勉励自己，光阴流逝，并不等待人。

佳句品读

这两句诗感慨了好时光定要珍惜，应该努力奋斗，不能枉费光阴。

【作者简介】

陶渊明（约365—427），字元亮，后改名潜，东晋末期南朝宋初期诗人、文学家、辞赋家、散文家。曾做过几年小官，后辞官回家，从此隐居，田园生活是其诗的主要题材。

【佳句接龙】

盛年不重来，一日难再晨。（【东晋】陶渊明《杂诗八首·其一》）→ 晨兴理荒秽，带月荷锄归。（【东晋】陶渊明《归园田居·其三》）→ 归心异波浪，何事即飞翻。（【唐】杜甫《长江二首·其一》）→

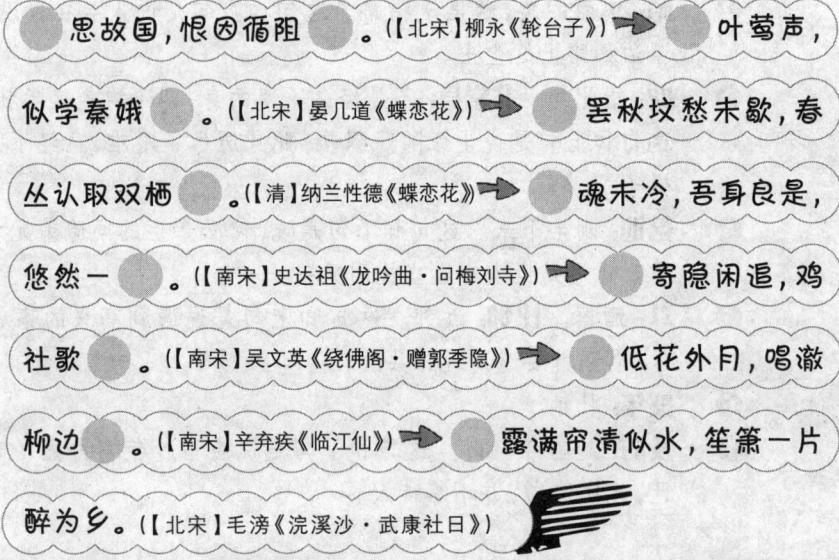

●思故国，恨因循阻●。（【北宋】柳永《轮台子》）➡ ●叶莺声，似学秦娥●。（【北宋】晏几道《蝶恋花》）➡ ●罢秋坟愁未歇，春丛认取双栖●。（【清】纳兰性德《蝶恋花》）➡ ●魂未冷，吾身良是，悠然一●。（【南宋】史达祖《龙吟曲·问梅刘寺》）➡ ●寄隐闲追，鸡社歌●。（【南宋】吴文英《绕佛阁·赠郭季隐》）➡ ●低花外月，唱澈柳边●。（【南宋】辛弃疾《临江仙》）➡ ●露满帘清似水，笙箫一片醉为乡。（【北宋】毛滂《浣溪沙·武康社日》）

答案：盛年不重来，一日难再晨。→晨兴理荒秽，带月荷锄归。→归心异波浪，何事即飞翻。→翻思故国，恨因循阻隔。→隔叶莺声，似学秦娥唱。→唱罢秋坟愁未歇，春丛认取双栖蝶。→蝶魂未冷，吾身良是，悠然一笑。→笑寄隐闲追，鸡社歌舞。→舞低花外月，唱澈柳边风。→风露满帘清似水，笙箫一片醉为乡。

诗　词　趣　谈

《醒世恒言》中的连环诗谜

连环诗，是指诗中每句均有半句顶真，即前句的后半句，为后句的前半句，句句如此相连，诗作结尾句的后半句亦须是起始句的前半句。这样首尾相连，又因常书写成一圆环形，故称连环诗。明代《醒世恒言》中的《苏小妹三难新郎》出现过三首14字的连环诗谜。第一首是秦少游测试苏小妹智力与学识的连环诗：

苏小妹一看便知，此为七言四句，并立即将其读出。她和其兄苏东坡也不甘示弱，回敬了秦少游两首连环诗，分别是：

您知道这三首连环诗都是怎么读的吗？

答案：
第一首：
  静思伊久阻归期，
  久阻归期忆别离。
  忆别离时闻漏转，
  时闻漏转静思伊。
第二首：
  采莲人在绿杨津，
  在绿杨津一阕新。
  一阕新歌声嗽玉，
  歌声嗽玉采莲人。
第三首：
  赏花归去马如飞，
  去马如飞酒力微。
  酒力微醒时已暮，
  醒时已暮赏花归。

读书破万卷,下笔如有神。

——【唐】杜甫《奉赠韦左丞丈二十二韵》

【佳句解析】

读破了万卷书,下笔写文章如有神助。

【原作欣赏】

奉赠韦左丞丈二十二韵①

纨绔不饿死②,儒冠多误身③。丈人试静听④,贱子请具陈⑤。
甫昔少年日,早充观国宾⑥。读书破万卷⑦,下笔如有神⑧。
赋料扬雄敌⑨,诗看子建亲⑩。李邕求识面⑪,王翰愿卜邻⑫。
自谓颇挺出⑬,立登要路津⑭。致君尧舜上,再使风俗淳⑮。
此意竟萧条,行歌非隐沦⑯。骑驴十三载⑰,旅食京华春⑱。
朝扣富儿门,暮随肥马尘。残杯与冷炙,到处潜悲辛。
主上顷见征⑲,欻然欲求伸⑳。青冥却垂翅㉑,蹭蹬无纵鳞㉒。
甚愧丈人厚,甚知丈人真。每于百僚上,猥诵佳句新㉓。
窃效贡公喜㉔,难甘原宪贫㉕。焉能心怏怏,只是走踆踆㉖。
今欲东入海㉗,即将西去秦。尚怜终南山,回首清渭滨。
常拟报一饭㉘,况怀辞大臣㉙。白鸥没浩荡㉚,万里谁能驯㉛?

注释

① **韦左丞**:指韦济,时任尚书省左丞。他很赏识杜甫的诗,并曾表示过关怀。**丈**:古代对老人的尊称。
② **纨绔**:指富贵子弟。**不饿死**:不学无术却无饥饿之忧。
③ **儒冠多误身**:满腹经纶的儒生却穷困潦倒。
④ **丈人**:对长辈的尊称。这里指韦济。
⑤ **贱子**:年少位卑者自谓。这里是杜甫自称。**请**:意谓请允许我。**具**

陈: 细说。

⑥ **"甫昔""早充"两句:** 是指唐开元二十三年(735),杜甫以乡贡(由州县选出)的资格在洛阳参加进士考试的事。杜甫当时才24岁,就已是"观国之光"(参观王都)的国宾了,故曰"早充"。"观国宾"语出《周易·观卦·象辞》:"观国之光尚宾也"。

⑦ **破万卷:** 形容书读得多。

⑧ **如有神:** 形容才思敏捷,写作如有神助。

⑨ **料:** 差不多。**扬雄:** 字子云,西汉辞赋家。**敌:** 匹敌。

⑩ **看:** 比拟。**子建:** 曹植字子建,曹操之子,建安时期著名文学家。**亲:** 接近。

⑪ **李邕:** 唐代文豪、书法家,曾任北海郡太守。杜甫少年在洛阳时,李邕奇其才,曾主动去结识他。

⑫ **王翰:** 唐代著名诗人,《凉州词》的作者。

⑬ **挺出:** 杰出。

⑭ **立登要路津:** 很快就要得到重要的职位。

⑮ **"尧舜""再使"两句:** 如果自己得到重用的话,可以辅佐皇帝实现超过尧舜的功业,使已经败坏的社会风俗再恢复到上古那样淳朴敦厚。**尧舜:** 传说中上古的圣君。

⑯ **"此意""行歌"两句:** 想不到我的政治抱负竟然落空,我虽然也写些诗歌,却不是逃避现实的隐士。

⑰ **骑驴:** 与乘马的达官贵人对比。**十三载:** 从唐开元二十三年(735)杜甫参加进士考试,到天宝六载(747),恰好十三载。

⑱ **旅食:** 寄食。**京华:** 京师,指长安。

⑲ **主上:** 指唐玄宗。**顷:** 不久前。**见征:** 被征召。

⑳ **欻(xū)然:** 忽然。**欲求伸:** 希望表现自己的才能,实现致君尧舜的志愿。

㉑ **青冥却垂翅:** 飞鸟折翅从天空坠落。

㉒ **蹭蹬:** 行进困难的样子。**无纵鳞:** 本指鱼不能纵身远游。这里是说理想不得实现。以上四句所指事实是:天宝六载(747),唐玄宗下诏征求有一技之长的人赴京应试,杜甫也参加了。宰相李林甫嫉贤妒能,让全部应试的人都落选,还上表称贺:"野无遗贤"。这对当时急欲施展抱负的杜甫是一个沉重的打击。

㉓ **"每于""猥诵"两句:** 承蒙您经常在百官面前吟诵我新诗中的佳句,

极力加以奖掖推荐。

㉔ **贡公**：西汉人贡禹。他与王吉为友，闻吉显贵，高兴得弹冠相庆，因为知道自己也将出头。杜甫说自己也曾自比贡禹，并期待韦济能荐拔自己。

㉕ **难甘**：难以甘心忍受。**原宪**：孔子的学生，以贫穷出名。

㉖ **走踆踆**（qūn qūn）：且进且退的样子。

㉗ **东入海**：指避世隐居。孔子曾言："道不行，乘桴浮于海。"（《论语》）
去秦：离开长安。

㉘ **报一饭**：报答一饭之恩。春秋时灵辄报答赵宣子（见《左传·宣公二年》），汉代韩信报答漂母（见《史记·淮阴侯列传》），都是历史上有名的报恩故事。

㉙ **辞大臣**：指辞别韦济。以上这两句说明赠诗之故。

㉚ **没浩荡**：投身于浩荡的烟波之间。

㉛ **谁能驯**：谁还能拘束我呢？

佳句品读

诗人博学精深，下笔有神，凭着这样卓越挺秀的才华，诗人原以为自己能够很好地实现自己的政治理想，现实却是事与愿违。这两句诗与后文所描写的诗人奔走狼狈、碰壁潦倒形成了强烈对比。

【佳句接龙】

读书破万卷，下笔如有神。（【唐】杜甫《奉赠韦左丞丈二十二韵》）

➡ 神龟虽寿，犹有竟〇。（【东汉】曹操《龟虽寿》）➡ 〇倚檐前

〇树，远看原上〇。（【唐】王维《辋川闲居》）➡ 〇旗夸酒莲花白，

津鼓开帆杨柳〇。（【明】吴承恩《杨柳青》）➡ 〇山遮不住，毕竟

东流 ●。（【南宋】辛弃疾《菩萨蛮·书江西造口壁》）→ ● 年今日此门

中,人面桃花相映 ●。（【唐】崔护《题都城南庄》）→ ● 缨不动白

马骄,垂柳金丝香拂 ●。（【唐】李贺《少年乐》）→ ● 禽渡残月,

飞雨洒高 ●。（【唐】刘禹锡《早夏郡中书事》）→ ● 下沧江水,江边

黄鹤 ●。（【唐】王维《送康太守》）→ ● 船一举风波静,江汉翻为

雁鹜池。（【唐】李白《永王东巡歌十一首·其一》）

答案：读书破万卷,下笔如有神。→神龟虽寿,犹有竞时。→时倚檐前树,远看原上村。→村旗夸酒莲花白,津鼓开帆杨柳青。→青山遮不住,毕竟东流去。→去年今日此门中,人面桃花相映红。→红缨不动白马骄,垂柳金丝香拂水。→水禽渡残月,飞雨洒高城。→城下沧江水,江边黄鹤楼。→楼船一举风波静,江汉翻为雁鹜池。

诗词趣谈

读诗句,猜成语

① 春色满园关不住,一枝红杏出墙来。
② 此曲只应天上有。
③ 此时无声胜有声。

答案：① 红杏出墙\独辟蹊径　② 不同凡响　③ 弦外之音

青春须早为,岂能长少年。

——【唐】孟郊《劝学》

【佳句解析】

要趁着青春早点努力,少年时光又怎能长久呢?

【原作欣赏】

劝学

击石乃有火①,不击元无烟②。
人学始知道③,不学非自然④。
万事须己运⑤,他得非我贤⑥。
青春须早为⑦,岂能长少年⑧。

① **乃**:才。
② **元**:原本、本来。
③ **始**:方才。**道**:事物的法则、规律。这里指各种知识。
④ **非**:不是。**自然**:天然。
⑤ **运**:运用。
⑥ **贤**:才能。
⑦ **青春**:指人的青年时期。
⑧ **岂**:难道。**长**:长期。

佳句品读

这两句用反问的语气,劝诫人们要在年少时光努力学习,一个人不会永远都是"少年"。这对于青少年有很强的警示性。

【佳句接龙】

青春须早为,岂能长少年。【唐】孟郊《劝学》→年来白发两三茎,忆别君时髭未○。(【唐】白居易《寄陈式五兄》)→○涯心事已蹉跎,旧路依然此重○。(【唐】刘长卿《北归入至德州界,偶逢洛阳邻家李光宰》)→○尽千帆皆不是,斜晖脉脉水悠○。(【唐】温庭筠《梦江南》)→○悠卷旆旌,饮马出长○。【唐】李世民《饮马长城窟行》)→○角吹残河渐隐,海氛消尽日初○。【南宋】陆游《晓思》)→○憎久闭金铺暗,花冷回心玉一○。(【清】纳兰性德《于中好·咏史》)→○前明月光,疑是地上○。(【唐】李白《静夜思》)→○鬓不须催我老,杏花依旧驻君○。(【北宋】苏轼《浣溪沙·赠闾丘朝议,时还徐州》)→○子人叹屈,宦游今未迟。【唐】岑参《送颜评事入京》)

答案:青春须早为,岂能长少年。→年来白发两三茎,忆别君时髭未生。→生涯心事已蹉跎,旧路依然此重过。→过尽千帆皆不是,斜晖脉脉水悠悠。→悠悠卷旆旌,饮马出长城。→城角吹残河渐隐,海氛消尽日初生。→生憎久闭金铺暗,花冷回心玉一床。→床前明月光,疑是地上霜。→霜鬓不须催我老,杏花依旧驻君颜。→颜子人叹屈,宦游今未迟。

诗词趣谈

短信谜

　　一个小伙子和一个姑娘在同一个单位上班,每天抬头不见低头见,在一起工作很合得来。有一天小伙子给姑娘发了一条短信,写的是一首诗:

　　　　　　牛靠和尚屋,
　　　　　　两人抬一市,
　　　　　　两市不成林,
　　　　　　水中鸳鸯成双对,
　　　　　　一心两意记念谁,
　　　　　　丝线穿针十一口,
　　　　　　女士还在日上游。

　　姑娘看完以后沉思良久,然后也用手机短信回了小伙子一首诗:

　　　　　　树撑天枝难寻觅,
　　　　　　怀抱可怜却无心,
　　　　　　赵国有妃不是女,
　　　　　　鹅血满天鸟难得,
　　　　　　远去不想囊羞涩,
　　　　　　受尽苦难又换友,
　　　　　　无奈心中只有您。

　　小伙子看了很沮丧。那么,他们到底说的是什么呢?(每句打一字,连起来各是一句话)

　　答案: 小伙子的短信谜底是:特来相亲想结婚。姑娘的短信谜底是:对不起我不爱你。

试玉要烧三日满,辨材须待七年期。

——【唐】白居易《放言·其三》

【佳句解析】

试玉真假要烧三天,辨别良木需要七年以后。

【原作欣赏】

放言·其三

赠君一法决狐疑①,不用钻龟与祝蓍②。
试玉要烧三日满,辨材须待七年期③。
周公恐惧流言日④,王莽谦恭未篡时⑤。
向使当初身便死⑥,一生真伪复谁知⑦?

① **君**:指元稹。**狐疑**:狐性多疑,故称遇事犹豫不定为狐疑。屈原《离骚》:"心犹豫而狐疑。"按:元稹在政治上遭到打击后,情绪一度动荡,白居易劝他要经得起考验,等到时机好转,是非真伪自会分明。

② **不用钻龟与祝蓍**:这句谓吉凶祸福,在所不计;问卜求签,更无必要。**钻龟、祝蓍**(shī):古代迷信活动,钻龟壳后,看其裂纹以卜吉凶。或拿蓍草的茎占卜。

③ **"试玉""辨材"两句**:言坚贞之士必能经受长期磨炼;栋梁之材也不是短时间就能认出来的。"试玉"句下作者自注说:"真玉烧三日不热。"《淮南子·俶真训》:"钟山之玉,炊以炉炭,三日三夜而色泽不变。""辨材"句作者亦自注:"豫章木,生七年而后知。"**豫章**:枕木和樟木。《史记·司马相如列传》:"其北则有阴林巨树,楩楠豫章。"《正义》:"豫,今之枕木也;樟,今之樟木也。二木生至七年,枕樟乃可分别。"

④ **周公**:姓姬名旦,周武王弟,成王之叔。武王死,成王年幼,周公摄

政,管、蔡、霍三叔制造流言,诬蔑周公要篡位。周公于是避居于东,不问政事。后成王悔悟,迎回周公,三叔惧而叛变,成王命周公征之,遂定东南。**日**:一作后。

⑤ **"王莽"句**:这句言王莽在未篡汉以前曾伪装谦恭下士。《汉书·王莽传》:"(莽)爵位盖尊,节操愈谦。散舆马衣裘,赈施宾客,家无所余。收赡名士,交结将相卿大夫甚众。……欲令名誉过前人,遂克己不倦。"后竟独揽朝政,杀平帝,篡位自立。**未篡**:一作下士。以上两句是用周公、王莽故事,说明真伪邪正,日久当验。

⑥ **向使**:假如当初。

⑦ **复**:又(有)。

佳句品读

这两句诗以通俗的语言说出了一个道理:要全面认识人或事,都必须从整个历史过程去衡量、去判断,而不能只根据一时一事的现象下结论。诗人表示像自己以及元稹这样受诬陷的人,是经得起时间考验的,因而应当多加保重,等待"试玉"、"辨材"期满,自会澄清事实,辨明真伪。

【作者简介】

白居易(772—846),字乐天,晚年又号香山居士,唐代著名的现实主义诗人。他的诗歌题材广泛,形式多样,语言平易通俗,与元稹并称"元白",又与刘禹锡并称"刘白"。有《白氏长庆集》传世。

【佳句接龙】

试玉要烧三日满,辨材须待七年期。(【唐】白居易《放言·其三》)➡ 期之比天老,真德辅帝　。(【唐】储光羲《刘先生闲

居》）➡ ● 雁长飞光不度，鱼龙潜跃水成 ● 。（【唐】张若虚《春

江花月夜》）➡ ● 章本天成，妙手偶得 ● 。（【南宋】陆游《文章》）

➡ ● 子在万里，江湖迥且 ● 。（【三国·魏】曹植《杂诗·其一》）➡

● 秋帘幕千家雨，落日楼台一笛 ● 。（【唐】杜牧《题宣州开元寺水阁

阁下宛溪夹溪居人》）➡ ● 劲角弓鸣，将军猎渭 ● 。（【唐】王维《观猎》）

➡ ● 中桃李愁风雨，春在溪头荠菜 ● 。（【南宋】辛弃疾《鹧鸪天·代

人赋》）➡ ● 园欲盛千场饮，水阁初成百度 ● 。（【唐】元稹《追昔

游》）➡ ● 尽长亭人更远，特地魂销。（【北宋】欧阳修《浪淘沙》）

答案：试玉要烧三日满，辨材须待七年期。➡期之比天老，真德辅帝鸿。➡鸿雁长飞光不度，鱼龙潜跃水成文。➡文章本天成，妙手偶得之。➡之子在万里，江湖迥且深。➡深秋帘幕千家雨，落日楼台一笛风。➡风劲角弓鸣，将军猎渭城。➡城中桃李愁风雨，春在溪头荠菜花。➡花园欲盛千场饮，水阁初成百度过。➡过尽长亭人更远，特地魂销。

诗词趣谈

三谜一字

一天，苏东坡、苏小妹、秦少游聚在一起，席间，秦少游顺口吟出一首绝句："我有一物生得巧，半边鳞甲半边毛。半边离水难活命，半边入水命难保。" 苏东坡马上附和道："我有一物两边旁，一边好吃一边香。一边上山吃青草，一边入海把身藏。" 苏小妹也脱口而出："我有一物生得奇，半边双翅半四蹄。半边长蹄跑不快，半边长翅飞不起。" 他们三人说的都是同一字，您猜到了吗？

答案：鲜。

少年辛苦终身事,莫向光阴惰寸功。

——【唐】杜荀鹤《题弟侄书堂》

【佳句解析】

年轻时候的努力是有益终身的大事,对着匆匆逝去的光阴,不要丝毫放松自己的努力。

【原作欣赏】

题弟侄书堂

何事居穷道不穷①,乱时还与静时同②。
家山虽在干戈地③,弟侄常修礼乐风④。
窗竹影摇书案上⑤,野泉声入砚池中⑥。
少年辛苦终身事⑦,莫向光阴惰寸功⑧。

注释

① **何事:** 为什么。**居穷道不穷:** 处在不顺利的时候,但仍然注重道德修养。

② **乱时:** 战乱时期。**静时:** 和平时期。

③ **家山:** 家乡的山,这里代指故乡。**干戈:** 干和戈本是古代打仗时常用的两种武器,这里代指战争。

④ **礼乐:** 这里指儒家思想。**礼:** 泛指奴隶社会或封建社会贵族等级制的社会规范和道德体系。**乐:** 音乐。儒家很重视音乐的教化作用。

⑤ **书案:** 书桌。**案:** 几案。

⑥ **砚:** 砚台,用来磨墨的一种文具。

⑦ **终身事:** 这里表示少年时的努力是有益终身的大事。

⑧ **惰:** 懈怠。**寸功:** 形容极小的功夫。

佳句品读

> 这两句是告诫弟侄,少年时期的辛苦学习将为一生的事业扎下根基,切莫有丝毫懒惰,不要浪费了大好光阴。句中情味恳直,旨意深切。

【作者简介】

杜荀鹤(846—904),字彦之,晚唐现实主义诗人。其诗作平易自然,清新秀逸,著有《唐风集》。

【佳句接龙】

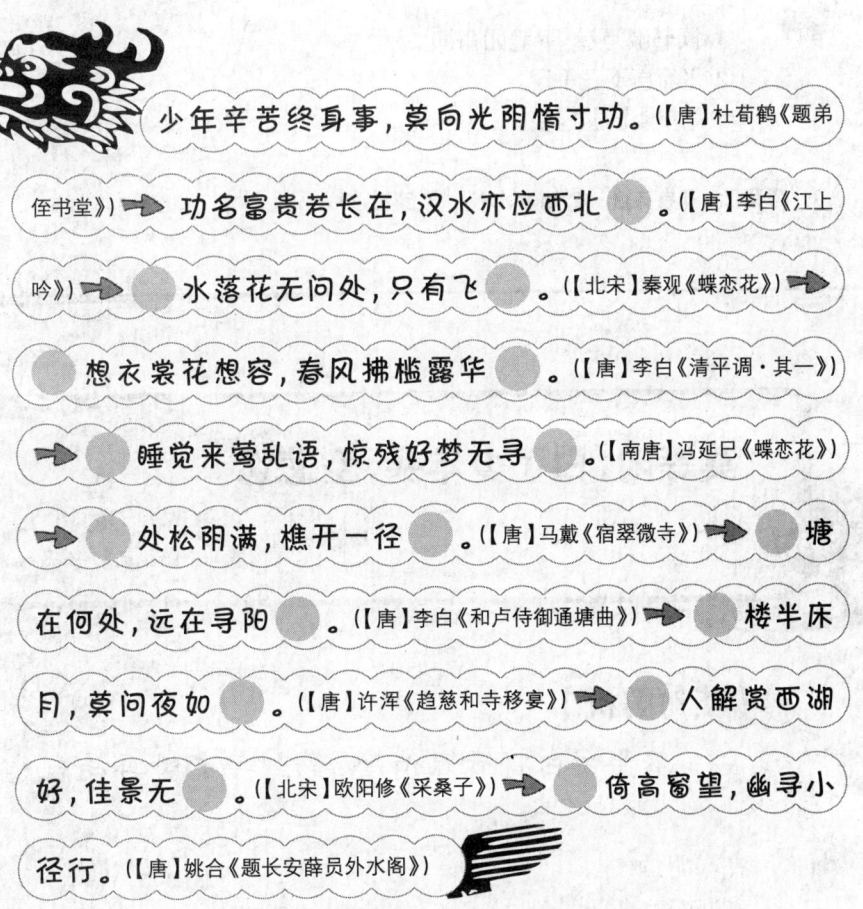

少年辛苦终身事,莫向光阴惰寸功。(【唐】杜荀鹤《题弟侄书堂》)➡ 功名富贵若长在,汉水亦应西北⬤。(【唐】李白《江上吟》)➡ ⬤水落花无问处,只有飞⬤。(【北宋】秦观《蝶恋花》)➡ 想衣裳花想容,春风拂槛露华⬤。(【唐】李白《清平调·其一》)➡ ⬤睡觉来莺乱语,惊残好梦无寻⬤。(【南唐】冯延巳《蝶恋花》)➡ ⬤处松阴满,樵开一径⬤。(【唐】马戴《宿翠微寺》)➡ ⬤塘在何处,远在寻阳⬤。(【唐】李白《和卢侍御通塘曲》)➡ ⬤楼半床月,莫问夜如⬤。(【唐】许浑《趋慈和寺移宴》)➡ ⬤人解赏西湖好,佳景无⬤。(【北宋】欧阳修《采桑子》)➡ ⬤倚高窗望,幽寻小径行。(【唐】姚合《题长安薛员外水阁》)

答案：少年辛苦终身事，莫向光阴惰寸功。→功名富贵若长在，汉水亦应西北流。→流水落花无问处，只有飞云。→云想衣裳花想容，春风拂槛露华浓。→浓睡觉来莺乱语，惊残好梦无寻处。→处处松阴满，樵开一径通。→通塘在何处，远在寻阳西。→西楼半床月，莫问夜如何。→何人解赏西湖好，佳景无时。→时倚高窗望，幽寻小径行。

诗词趣谈

读诗句，猜成语

① 读书破万卷，下笔如有神。
② 飞流直下三千尺。
③ 高堂明镜悲白发。

答案：① 开卷有益　② 山高水长　③ 顾影自怜

莫等闲，白了少年头，空悲切。

——【南宋】岳飞《满江红》

【佳句解析】

不要白白将青春消磨，等到年老时再徒自悲伤。

【原作欣赏】

满江红

怒发冲冠①,凭阑处,潇潇雨歇②。抬望眼,仰天长啸③,壮怀激烈。三十功名尘与土,八千里路云和月。莫等闲④,白了少年头,空悲切。

靖康耻⑤,犹未雪;臣子恨,何时灭。驾长车踏破、贺兰山缺⑥。壮志饥餐胡虏肉,笑谈渴饮匈奴血。待从头,收拾旧山河,朝天阙⑦。

1. **怒发冲冠:** 形容愤怒至极。
2. **潇潇:** 形容雨势急骤。
3. **长啸:** 感情激动时撮口发出清而长的声音,为古人的一种抒情举动。
4. **等闲:** 轻易,随便。
5. **靖康耻:** 宋钦宗靖康二年(1127),金兵攻陷汴京,虏走徽、钦二帝。
6. **贺兰山:** 在今宁夏回族自治区。
7. **朝天阙:** 指朝见皇帝。**天阙:** 本指官殿前的楼观,此指皇帝生活的地方。

佳句品读

这两句自伤神州未复,而"八千里路"严峻激烈的复国征战,仍亟待热血奋搏,于是以"莫等闲"自我激励,以期实现其驱除胡虏,复我河山之壮志。

【作者简介】

岳飞(1103—1142),字鹏举,南宋著名战略家、军事家、抗金名将。有《岳武穆集》传世。

【佳句接龙】

莫等闲,白了少年头,空悲切。【南宋】岳飞《满江红》

切切孤竹管，来应云和◯。（【唐】杨师道《咏笙》）➡ ◯鸣酒乐

两相得，一杯不啻千钧◯。（【唐】李白《杂曲歌辞·悲歌》）➡ ◯舆

巡白水，玉辇驻新◯。（【唐】李世民《过旧宅二首·其二》）➡ ◯碑

文字灭，冥漠不知◯。（【唐】岑参《文公讲堂》）➡ ◯年岁岁花相

似，岁岁年年人不◯。（【唐】刘希夷《代悲白头翁》）➡ ◯是天涯

沦落人，相逢何必曾相◯。（【唐】白居易《琵琶行》）➡ ◯音者谓

谁，清夜吹赠◯。（【唐】孟郊《楚竹吟酬卢虔端公见和湘弦怨》）➡ ◯不

见，黄河之水天上来，奔流到海不复◯。（【唐】李白《将进酒》）➡

◯乐烽前沙似雪，受降城外月如霜。（【唐】李益《夜上受降城闻笛》）

答案：莫等闲，白了少年头，空悲切。→切切孤竹管，来应云和琴。→琴鸣酒乐两相得，一杯不啻千钧金。→金舆巡白水，玉辇驻新丰。→丰碑文字灭，冥漠不知年。→年年岁岁花相似，岁岁年年人不同。→同是天涯沦落人，相逢何必曾相识。→识音者谓谁，清夜吹赠君。→君不见，黄河之水天上来，奔流到海不复回。→回乐烽前沙似雪，受降城外月如霜。

诗词趣谈

伍子胥猜谜

传说伍子胥文武双全，他初次上朝时，就在殿前举起千斤鼎，君臣都非常吃惊，君主又传谕试才，结果满朝文武也都论不过他。这时国相就给他出了个字谜：东海有大鱼，无头又无尾；丢了脊梁骨，一去直到

底。伍子胥当即答了出来。接着他又回国相一个字谜：出东海，入西山；写时方，画时圆。其实谜底都是同一个字，却难住了国相。您能猜出是什么字吗？

答案：日。

纸上得来终觉浅，绝知此事要躬行。

——【南宋】陆游《冬夜读书示子聿》

【佳句解析】

从书本上得到的知识终归是浅薄的，要真正理解知识的真谛，必须亲身去实践。

【原作欣赏】

冬夜读书示子聿①

古人学问无遗力，少壮工夫老始成。
纸上得来终觉浅，绝知此事要躬行②。

注释

① 子聿（yù）：陆游之子。
② 绝知：彻底弄清。躬行：亲身实践。

这两句特别强调了做学问的功夫要下在何处，这也是做学问的诀窍，那就是不能满足于字面上的明白，而要躬行实践,在实践中加深理解,只有这样才能把书本上的知识变成自己的实际本领。

【佳句接龙】

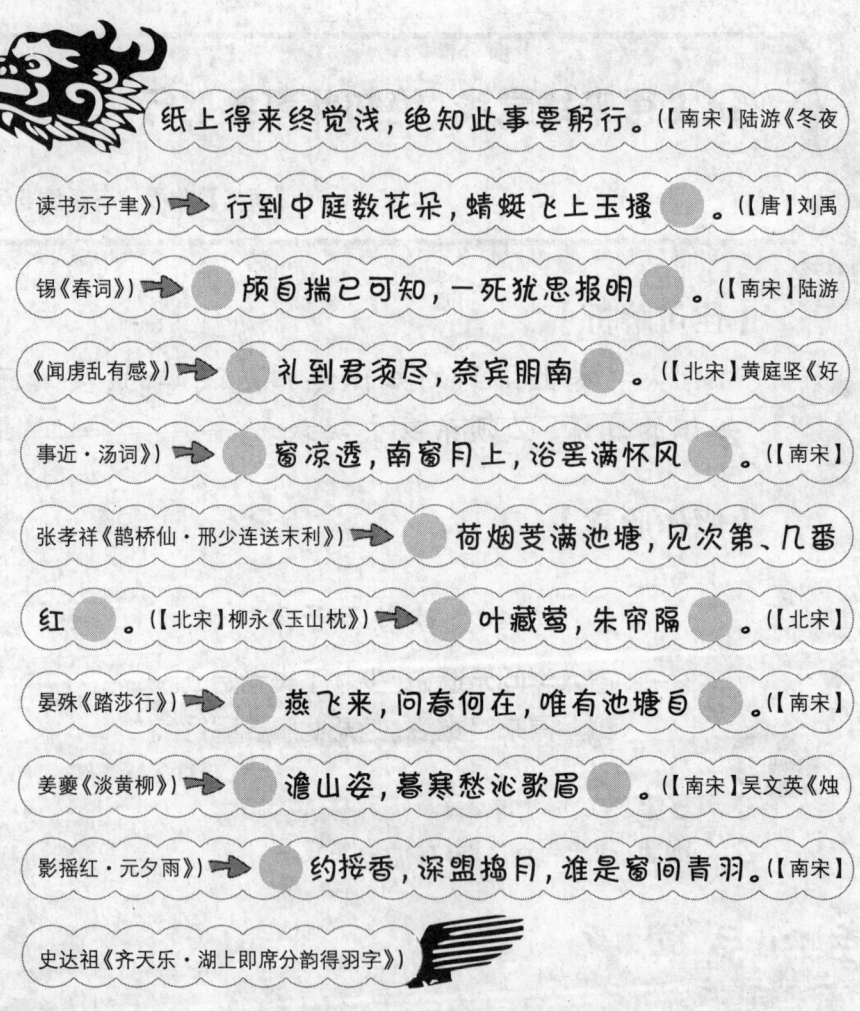

纸上得来终觉浅,绝知此事要躬行。(【南宋】陆游《冬夜读书示子聿》)➡️ 行到中庭数花朵,蜻蜓飞上玉搔○。(【唐】刘禹锡《春词》)➡️ ○颅自揣已可知,一死犹思报明○。(【南宋】陆游《闻虏乱有感》)➡️ ○礼到君须尽,奈宾朋南○。(【北宋】黄庭坚《好事近·汤词》)➡️ ○窗凉透,南窗月上,浴罢满怀风○。(【南宋】张孝祥《鹊桥仙·邢少连送末利》)➡️ ○荷烟芰满池塘,见次第、几番红○。(【北宋】柳永《玉山枕》)➡️ ○叶藏莺,朱帘隔○。(【北宋】晏殊《踏莎行》)➡️ ○燕飞来,问春何在,唯有池塘自○。(【南宋】姜夔《淡黄柳》)➡️ ○沧山姿,暮寒愁沁歌眉○。(【南宋】吴文英《烛影摇红·元夕雨》)➡️ ○约携香,深盟捣月,谁是窗间青羽。(【南宋】史达祖《齐天乐·湖上即席分韵得羽字》)

答案:纸上得来终觉浅,绝知此事要躬行。→行到中庭数花朵,蜻蜓飞上玉搔头。→头颅自揣已可知,一死犹思报明主。→主礼到君须尽,奈宾朋南北。→北窗凉透,南窗月上,浴罢满怀风露。→露荷烟芰满池塘,见次第、几番红翠。→翠叶藏莺,朱帘隔燕。→燕燕飞来,问春何在,唯有池塘自碧。→碧滟山姿,暮寒愁沁歌眉浅。→浅约摇香,深盟捣月,谁是窗间青羽。

诗词趣谈

诗谜破谜

范仲淹幼时勤奋好学,因家贫到醴泉寺借读。这天傍晚,他和醴泉寺住持踏着夕阳余晖,来到翠竹苍苍、奇石罗列的后园散步。住持触景生情,得一字谜:竹林高高留僧处,让范仲淹猜。范仲淹以诗笑答:竹下一寺院,天天把人盼。久候人不来,空把香火燃。住持听后,频频点头。范仲淹的诗是"诗谜破谜",您可知二人的谜底为何字?

答案:等。

问渠那得清如许,为有源头活水来。

——【南宋】朱熹《观书有感·其一》

【佳句解析】

要问那个池塘的水为何这样清澈,是因为它的发源处不断有活水流下来。

【原作欣赏】

观书有感·其一

半亩方塘一鉴开①，天光云影共徘徊。
问渠那得清如许②，为有源头活水来③。

① 鉴：镜子。开：打开。
② 渠：代词，它，此处指方塘。那得：怎么会。如许：如此，这样。
③ 为：因为。

佳句品读

这两句诗借水之清澈是因为有源头活水不断注入，暗喻人要心灵澄明，就得认真读书，时时补充新知识。诗句寓意深刻，内涵丰富，虽然字面上仅就读书而言，实际上却可以作广泛的理解，它也启发人们，要以开阔的胸襟，广泛包容、接受种种不同的思想，方能思维活跃、才思不断。

【作者简介】
朱熹（1130—1200），南宋著名的理学家、思想家、哲学家、教育家、诗人，世称朱子，是中国古代儒家的主要代表人物之一。

【佳句接龙】

问渠那得清如许，为有源头活水来。（【南宋】朱熹《观书有感·其一》）➡ 来时犹暑服，今已露漫漫。（【唐】耿湋《秋夜思归》）➡

道烧丹止七飞，空传化石曾三。（【唐】骆宾王《代女道士王灵妃》）

赠道士李荣》→ ○轴拨弦三两声,未成曲调先有○。([唐]白居易《琵琶行》)

→ ○人怨遥夜,竟夕起相○。([唐]张九龄《望月怀远》)

→ ○悠悠,恨悠悠,恨到归时方始休,月明人倚○。([唐]白居易《长相思》)

→ ○前绿暗分携路,一丝柳、一寸柔○。([南宋]吴文英《风入松》)

→ ○绪幽幽似结,鬓丝索索禁○。([南宋]刘辰翁《临江仙·谢友人》)

→ ○笛月波楼下,有何人相○。([北宋]朱敦儒《好事近》)

→ ○字读农书,岂不贤雕虫。([南宋]陆游《杂兴》)

答案:问渠那得清如许,为有源头活水来。→来时犹暑服,今已露漫漫。→漫道烧丹止七飞,空传化石曾三转。→转轴拨弦三两声,未成曲调先有情。→情人怨遥夜,竟夕起相思。→思悠悠,恨悠悠,恨到归时方始休,月明人倚楼。→楼前绿暗分携路,一丝柳、一寸柔情。→情绪幽幽似结,鬓丝索索禁吹。→吹笛月波楼下,有何人相识。→识字读农书,岂不贤雕虫。

诗词趣谈

读诗句,猜成语

① 孤帆远影碧空尽,唯见长江天际流。
② 花谢花飞飞满天。
③ 黄河之水天上来。

答案:① 烟波浩淼 ② 落英缤纷 ③ 天作之合

我劝天公重抖擞,不拘一格降人才。

——【清】龚自珍《己亥杂诗·其二百二十》

【佳句解析】

我奉劝天帝能重新振作精神,不拘守一定规格降下更多的人才。

【原作欣赏】

己亥杂诗·其二百二十

九州生气恃风雷①,万马齐喑究可哀②。
我劝天公重抖擞③,不拘一格降人才④。

 注释

① **九州**:中国。**生气**:生气勃勃的局面。**恃**:依靠。
② **万马齐喑**:比喻社会局面毫无生气。**喑**(yīn):哑。**究**:终究、毕竟。
③ **天公**:造物主。**重**:重新。**抖擞**:振作精神。
④ **降**:降生。

佳句品读

"万马齐喑究可哀"一句,深刻地表现了龚自珍对清朝末年死气沉沉的社会局面的不满,因此他热烈地呼唤社会变革,而且认为这种变革越大越好,大得该像惊天动地的春雷一样。他认为这样的变革力量来源于人才,而"天公"所喻指的朝廷要做的就是破格荐用人才,只有这样,中国才有希望。

【佳句接龙】

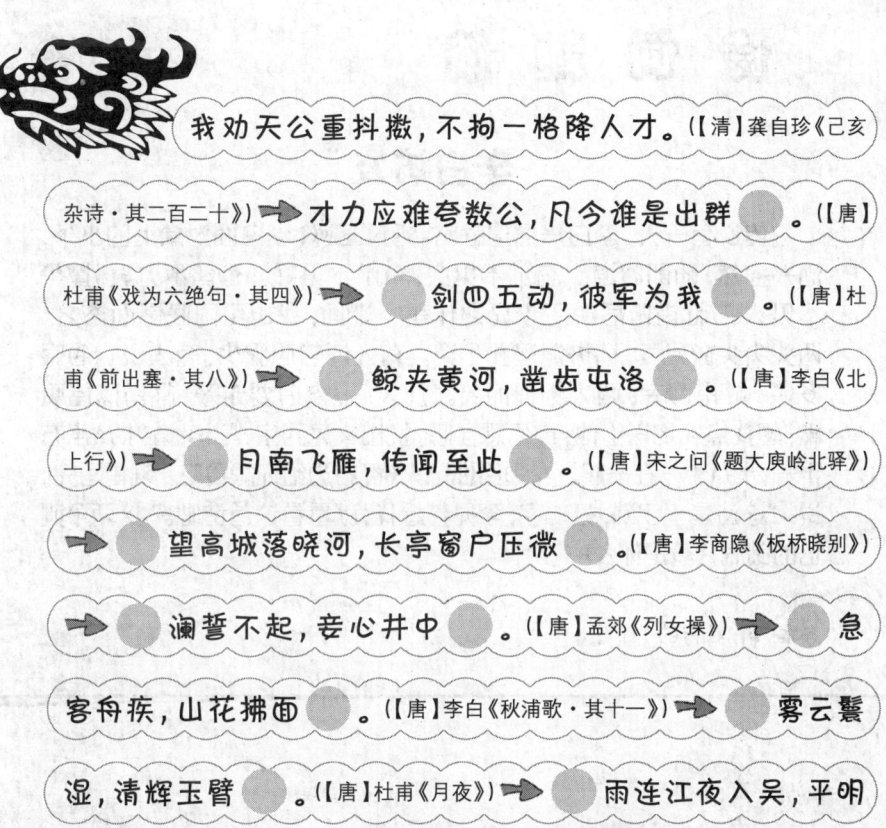

答案：我劝天公重抖擞，不拘一格降人才。→才力应难夸数公，凡今谁是出群雄。→雄剑四五动，彼军为我奔。→奔鲸夹黄河，凿齿屯洛阳。→阳月南飞雁，传闻至此回。→回望高城落晓河，长亭窗户压微波。→波澜誓不起，妾心井中水。→水急客舟疾，山花拂面香。→香雾云鬟湿，清辉玉臂寒。→寒雨连江夜入吴，平明送客楚山孤。

诗词趣谈

李白访友

传说有一天,李白来探望杜甫,酒过三巡,李白面对桌上的小菜,酒兴盎然,随即吟道:"有洞不见虫,有巢不见蜂。有丝不见蚕,撑伞不见人。"杜甫听后说:"李兄之作是一谜面,我也用同底谜面答之:两头尖尖像只菱,钻进泥里扎个窝。有人说它心眼少,有人说它心眼多。"杜甫吟完,两人相视而笑。几天后,李白要走了,杜甫满屋瞅瞅,想找点礼物送给他,最后想了想,找出文房四宝,写道:左十八来右十一,十八十一在一起。左边给你柴火烧,右边给你粮食吃。杜甫写完,说:"这诗是一字谜,打一字,李兄若想我,就看看这首诗吧。"这两个谜语的谜底究竟是什么?

答案:藕;杜甫的"杜"。

第4章 友谊·情感

> 结交在相知,骨肉何必亲。
>
> ——【汉】无名氏《箜篌谣》

【佳句解析】

结交朋友在于互相知心,不必讲究骨肉至亲。

【原作欣赏】

箜篌谣①

结交在相知,骨肉何必亲。
甘言无忠实②,世薄多苏秦③。
从风暂靡草④,富贵上升天。
不见山巅树,摧杌下为薪⑤。
岂甘井中泥?上出作埃尘。

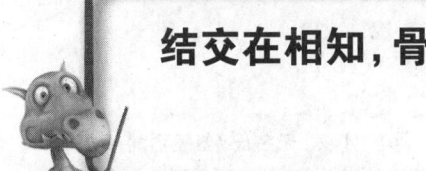

① 箜篌(kōng hóu):古代的一种弹拨乐器,此以之为题,与歌辞内容无关。

② 甘言:即甜美之言。

③ 苏秦:战国时纵横家,游说各国君主,皆投其所好,各有一套说辞。

④ 靡:披靡,倒下。

⑤ 摧杌(wù):摧折倒下。

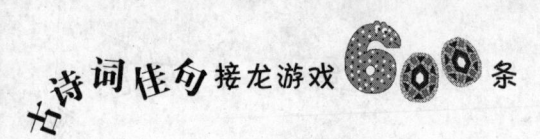

佳句品读

第一句说交朋友要彼此知心，这才是真正的朋友；第二句是说何必骨肉之亲才算亲。这是用骨肉之亲来与知心朋友之亲相比。骨肉之亲，如不知心，亦可变成路人或仇人；相反知心朋友之亲，却可做到真正的亲。

【佳句接龙】

结交在相知，骨肉何必亲。（【汉】无名氏《箜篌谣》）➡

亲朋来贺喜，休辞●。（【南宋】辛弃疾《感皇恩·寿铅山陈丞及之》）➡

●后竞风采，三杯弄宝●。（【唐】李白《白马篇》）➡ ●光照

塞月，阵色明如●。（【唐】崔国辅《从军行》）➡ ●长吟罢风流

子，忽听楸枰响碧●。（【清】纳兰性德《于中好》）➡ ●厨如雾，

簟纹如水，别有生凉●。（【南宋】辛弃疾《御街行·无题》）➡ ●处

筇枝健，年年鬓色●。（【南宋】陆游《简湖中隐者》）➡ ●天漫漫

碧水重，知向何山风雪●。（【唐】王建《别鹤曲》）➡ ●岁胡尘

静如扫，一官又罢行将●。（【唐】韩翃《寄雍丘窦明府》）➡ ●衰

胜少夭，闲乐笑忙愁。（【唐】白居易《酬梦得比萱草见赠》）

答案：结交在相知，骨肉何必亲。→亲朋来贺喜，休辞酒。→酒后竞风采，三杯弄宝刀。→刀光照塞月，阵色明如昼。→昼长吟罢风流子，忽听楸枰响碧纱。→纱厨如雾，簟纹如水，别有生凉处。→处处筇枝健，年年鬓色青。→青天漫漫碧水重，知向何山风雪中。→中岁胡尘静如扫，一官又罢行将老。→老衰胜少夭，闲乐笑忙愁。

诗词趣谈

吴知县猜谜

从前,有一个吴知县,他性喜猜谜,自诩猜谜无人能敌。一天,邻县的张知县请他猜谜,谜面是"东南西北路条条,八万雄兵手提刀。一子一女并排坐,天上绿竹喜弯腰",打一句话。吴知县想了一会儿就猜出了谜底,十分得意。张知县又说:"我这里还有一个字谜的谜面,你猜猜看:两个幼儿去爬山,没有力气爬得上。归家又怕人笑话,躲在山中不肯还。"这下子吴知县被难住了。大家想一想:第一个谜语打一句什么话?第二个谜语猜的是什么字?

答案:十分好笑;幽。

海内存知己,天涯若比邻。

——【唐】王勃《送杜少府之任蜀州》

【佳句解析】

四海之内只要有知己朋友,虽然远隔天涯,也好似近在邻居。

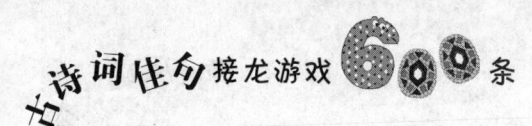

【原作欣赏】

送杜少府之任蜀州①

城阙辅三秦②,风烟望五津③。
与君离别意,同是宦游人④。
海内存知己⑤,天涯若比邻⑥。
无为在歧路⑦,儿女共沾巾⑧!

① **少府**:官名。**之**:到,往。**蜀州**:今四川崇州。
② **城阙**(què):皇宫门前的望楼,往往被用来代表京都。这里指唐朝都城长安。**辅**:以……为辅,这里是拱卫的意思。**三秦**:这里泛指秦岭以北、函谷关以西的广大地区。本指长安周围的关中地区。秦亡后,项羽三分秦故地关中,以封秦朝三个降将,因此关中又称"三秦"。
③ **五津**:指岷江的五个渡口白华津、万里津、江首津、涉头津、江南津。这里泛指蜀州。这句是说,在风烟迷茫之中遥望蜀州。
④ **宦游**:出外做官。
⑤ **海内**:四海之内,即全国各地。古人认为陆地的四周都为大海所包围,所以称天下为四海之内。
⑥ **天涯**:天边,这里比喻极远的地方。**比邻**:并邻,近邻。
⑦ **无为**:不要。**歧路**:岔路。古人送行常在大路分岔处告别。
⑧ **沾巾**:泪水沾湿衣服。意思是挥泪告别。

佳句品读

这两句气象宏大,志趣高远,既表现了诗人乐观的胸怀,抒发出送别之际豁达的情感,也道出对友人的真挚情谊,说明了真正的友谊不受时间的限制和空间的阻隔,既是永恒的,也是无所不在的。

【作者简介】

王勃(649或650—676或675),字子安,他与杨炯、卢照邻、骆宾王以诗文齐名,并称"王杨卢骆",亦称"初唐四杰"。

第4章 友谊·情感

【佳句接龙】

海内存知己,天涯若比邻。(【唐】王勃《送杜少府之任蜀州》)
➡ 邻曲新传秧马式,房栊静听缲车●。(【南宋】陆游《故里》)
➡ ●声劝醉应须醉,一岁唯残半日●。(【唐】白居易《三月晦日晚闻鸟声》)
➡ ●营骑将如红玉,走马捎鞭上空●。(【唐】李贺《贵主征行乐》)
➡ ●野芳城路,残春柳絮●。(【唐】刘禹锡《洛中送崔司业使君扶侍赴唐州》)
➡ ●花澹澹风,破暖疏疏●。(【南宋】高观国《生查子》)
➡ ●滴草芽出,一日长一●。(【唐】孟郊《春日有感》)
➡ ●暮嘉陵江水东,梨花万片逐江●。(【唐】元稹《使东川·江花落》)
➡ ●云才子冶游思,蒲柳老人惆怅●。(【唐】卢纶《和崔侍郎游万固寺》)
➡ ●若留时,何事锁眉头?(【南宋】蒋捷《梅花引·荆溪阻雪》)

答案:海内存知己,天涯若比邻。→邻曲新传秧马式,房栊静听缲车声。→声声劝醉应须醉,一岁唯残半日春。→春营骑将如红玉,走马捎鞭上空绿。→绿野芳城路,残春柳絮飞。→飞花澹澹风,破暖疏疏雨。→雨滴草芽出,一日长一日。→日暮嘉陵江水东,梨花万片逐江风。→风云才子冶游思,蒲柳老人惆怅心。→心若留时,何事锁眉头?

诗词趣谈

读诗句，猜成语

① 举头望明月，低头思故乡。
② 卷我屋上三重茅。
③ 君王掩面救不得。

答案：① 触景生情　② 风吹草动　③ 爱莫能助

莫愁前路无知己，天下谁人不识君？

——【唐】高适《别董大二首·其一》

【佳句解析】

不要担心前路茫茫没有知己，天下哪一个人不知道你？

【原作欣赏】

别董大二首·其一①

千里黄云白日曛②，北风吹雁雪纷纷。
莫愁前路无知己，天下谁人不识君③？

 注释

❶ **董大：** 唐玄宗时著名琴师董庭兰，在兄弟中排行第一，故称"董大"。

② 曛：日光昏暗。
③ 君：你，指董大。

佳句品读

诗人写下此诗时，他和董大两个人都处在困顿不达的境遇之中，贫贱之交短暂重聚却又要各奔他方，自有深沉的感慨。但是这两句诗境界开阔，于慰藉中充满着信心和力量，激励朋友抖擞精神去奋斗、去拼搏，一扫抒写别离时缠绵幽怨的老调。

【作者简介】

高适（700—765），字达夫、仲武，唐代著名的边塞诗人。他与岑参并称"高岑"，其诗作笔力雄健，气势奔放，大多写边塞生活，有《高常侍集》等传世。

【佳句接龙】

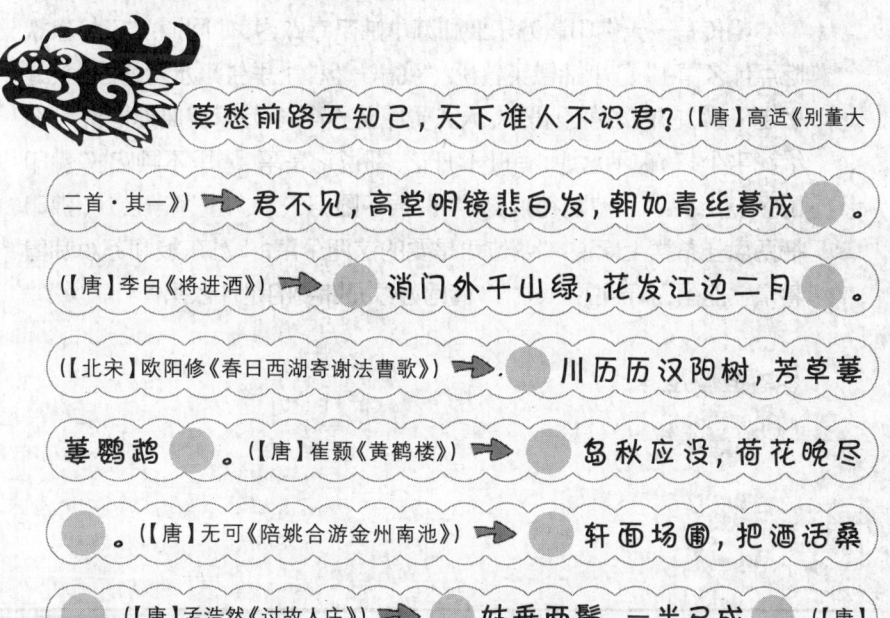

李白《短歌行》→ ●皮溜雨四十围,黛色参天二千●。(【唐】

杜甫《古柏行》→ ●帛无长裁,浅水无长●。(【唐】戴叔伦《感怀》)

→ ●莺拂绣羽,二月上林期。(【唐】刘孝孙《赋得春莺送友人》)

答案:莫愁前路无知己,天下谁人不识君。→君不见,高堂明镜悲白发,朝如青丝暮成雪。→雪消门外千山绿,花发江边二月晴。→晴川历历汉阳树,芳草萋萋鹦鹉洲。→洲岛秋应没,荷花晚尽开。→开轩面场圃,把酒话桑麻。→麻姑垂两鬓,一半已成霜。→霜皮溜雨四十围,黛色参天二千尺。→尺帛无长裁,浅水无长流。→流莺拂绣羽,二月上林期。

诗词趣谈

佛印邀友宴

相传有一天佛印邀苏东坡和苏小妹来寺做客,他问道:"二位喜欢吃点什么菜?"苏小妹微笑着说:"我来一盘,土里生来水里捞,石头缝里走一遭,白白净净没骨头,人人爱吃营养高。"苏东坡风趣地说:"你给我来个,有根不落地,有叶不开花,都说它是菜,园里不种它。"佛印听了点点头:"二位稍待片刻!"说罢下厨房去了。过了一会儿,佛印把两盘佳肴摆上桌说:"两位可是要的这两个菜?"苏东坡和苏小妹望着桌上的菜,齐声说:"对!" 请问苏家兄妹要的是什么菜?

答案:豆腐、豆芽。

> 东边日出西边雨,道是无晴却有晴。
>
> ——【唐】刘禹锡《竹枝词二首·其一》

【佳句解析】

　　东边还挂着太阳,西边却下起了雨;他对我像是无情又像是有情,真让人捉摸不定。

【原作欣赏】

竹枝词二首·其一

杨柳青青江水平,闻郎江上踏歌声。
东边日出西边雨,道是无晴却有晴①。

① 晴:与"情"谐音。《诗境浅说》云:"此首起二句,则以风韵摇曳见长。后二句……以晴字借作情字……双关巧语,妙手偶得之。"

佳句品读

　　这里晴雨的"晴",是用来暗指感情的"情",天气的晴雨不定,也正如男子感情的捉摸不定,诗中女子的迷惘和眷恋、忐忑不安和期待都刻画得惟妙惟肖。

【佳句接龙】

东边日出西边雨,道是无晴却有晴。(【唐】刘禹锡《竹枝词二首·其一》) → 晴开万井树,愁看五陵　　。(【唐】岑参《登总持阁》) →

○ 波澄旧碧，尘火息前○。（【唐】李世民《执契静三边》）➡ ○尘

闹处便休休，不是个中无皂○。（【北宋】黄庭坚《木兰花令·次前韵再呈功甫》）➡ ○鹭欲栖飞不下，却入苍○。（【北宋】周紫芝《浪淘沙》）➡

○草连天枫树齐，岳阳归路子规○。（【唐】李益《送人归岳阳》）➡

○鸟有时能劝客，小桃无赖已撩○。（【南宋】辛弃疾《浣溪沙》）➡

○去小庭空，有梅梢、一枝春○。（【北宋】周邦彦《蓦山溪》）➡

○下蔡、阳城俱迷，看取宋玉词○。（【南宋】吴文英《东风第一枝》）

➡ ○长篇，赓短韵，剩谈丛。（【南宋】刘辰翁《水调歌头·寿晏云心》）

答案：东边日出西边雨，道是无晴却有晴。→晴开万井树，愁看五陵烟。→烟波澄旧碧，尘火息前红。→红尘闹处便休休，不是个中无皂白。→白鹭欲栖飞不下，却入苍烟。→烟草连天枫树齐，岳阳归路子规啼。→啼鸟有时能劝客，小桃无赖已撩人。→人去小庭空，有梅梢、一枝春信。→信下蔡、阳城俱迷，看取宋玉词赋。→赋长篇，赓短韵，剩谈丛。

诗词趣谈

聪明的莉莉

盛夏，骄阳似火。一天中午，莉莉戴着草帽，提着水壶，送水到田间。爷爷看见小孙女聪明伶俐，就对她说："我说一个谜语，你能猜出来吗？"莉莉高兴地说："爷爷，您说吧。"

爷爷念道："不是溪流不是泉，不是雨露落草间；冬天少来夏天多，日晒不干风吹干。"莉莉眨眨眼，片刻便猜出了爷爷说的是什么，但她

不说出来,也念道:"不是雨露不是泉,不是溪流也有源;在家少来下地多,它和勤劳紧相连。"爷爷一听,乐得合不上嘴,捋着胡子,连连称赞莉莉聪明。

您能猜出他们说的谜语吗?

答案:汗水。

曾经沧海难为水,除却巫山不是云。

——【唐】元稹《离思·其四》

【佳句解析】

曾经历过茫茫的大海,别处的水便不会看在眼里;除了巫山之云,别处的云都黯然失色。

【原作欣赏】

离思·其四

曾经沧海难为水①,除却巫山不是云②。
取次花丛懒回顾③,半缘修道半缘君④。

① **曾经:** 曾经历过。**沧海:** 大海。
② **除却:** 除了。
③ **取次:** 经过。
④ **半缘:** 一半因为。**修道:** 元稹既信佛也信道,此处也可理解为研习品行学问。

佳句品读

第一句是从孟子"观于海者难为水"(《孟子·尽心上》)脱化而来,第二句则是使用宋玉《高唐赋》里"巫山云雨"的典故。诗人在此表明,除了这位他所心爱的女子,纵有倾城国色、绝代佳人,也不能打动他的心,写得感情炽热而又含蓄蕴藉。

【作者简介】

元稹(779—831),字微之,唐代中晚期著名诗人,他早年和白居易共同提倡"新乐府",与白居易并称"元白"。

【佳句接龙】

曾经沧海难为水,除却巫山不是云。【唐】元稹《离思·其四》➡ 云中谁寄锦书来,雁字回时,月满西◯。【北宋】李清照《一剪梅》➡ ◯头吹动梅花曲,梦里犹疑燕寝◯。【南宋】杨万里《寓倅厅寒夜不寐》➡ ◯汗轻尘污颜色,开新合故置何◯。【唐】杜甫《白丝行》➡ ◯身一何愚,窃比稷与◯。【唐】杜甫《自京赴奉先县咏怀五百字》➡ ◯阔谈宴,心念旧◯。【东汉】曹操《短歌行》➡ ◯疏宠不及,桃李伤春◯。【唐】李白《乐府杂曲·鼓吹曲辞·上之回》➡ ◯劲角弓鸣,将军猎渭◯。【唐】王维《观猎》➡ ◯上楼高重倚望,愿身能似月亭亭,千里伴君◯。【北宋】张先《江南柳》➡ ◯行重行行,与君生别离。【东汉】无名氏《古诗十九首·其一》

第4章 友谊·情感

答案：曾经沧海难为水，除却巫山不是云。→云中谁寄锦书来，雁字回时，月满西楼。→楼头吹动梅花曲，梦里犹疑雁寝香。→香汗轻尘污颜色，开新合故置何许。→许身一何愚，窃比稷与契。→契阔谈䜩，心念旧恩。→恩疏宠不及，桃李伤春风。→风劲角弓鸣，将军猎渭城。→城上楼高重倚望，愿身能似月亭亭，千里伴君行。→行行重行行，与君生别离。

诗词趣谈

读诗句，猜成语

① 白云生处有人家。
② 春蚕到死丝方尽，蜡炬成灰泪始干。

答案：① 深居简出　② 舍己为人

春蚕到死丝方尽，蜡炬成灰泪始干。

——【唐】李商隐《无题》

【佳句解析】

春蚕至死，蚕丝方才吐尽；蜡烛成灰，烛泪方才枯干。

【原作欣赏】

无题①

相见时难别亦难，东风无力百花残。

春蚕到死丝方尽②,蜡炬成灰泪始干③。
晓镜但愁云鬓改④,夜吟应觉月光寒。
蓬山此去无多路⑤,青鸟殷勤为探看⑥。

注释

① **无题**：唐代以来，有的诗人不愿意标出能够表示主题的题目时，常用"无题"作诗的标题。

② **丝方尽**：丝，与"思"是谐音字，"丝方尽"意思是除非死了，思念才会结束。

③ **泪始干**：泪，指燃烧时的蜡烛油，这里取双关义，指相思的眼泪。

④ **晓镜**：早晨梳妆照镜子。**云鬓**：女子多而美的头发，这里比喻青春年华。

⑤ **蓬山**：蓬莱山，传说中的海上仙山，这里比喻主人公所怀念者住的地方。

⑥ **青鸟**：神话中为西王母传递音讯的信使。

佳句品读

这两句诗以春蚕吐丝、蜡烛燃烧比喻爱情痛苦的煎熬，但在痛苦之中，寓有灼热的渴望和坚忍的执著精神，感情境界深微绵邈，寓意极为丰富。

【佳句接龙】

春蚕到死丝方尽，蜡炬成灰泪始干。（【唐】李商隐《无题》）

➡ 干越知何处，云山只向 ●。（【唐】刘长卿《送李侍御贬鄱阳》）➡

● 边日出西边雨，道是无晴却有 ●。（【唐】刘禹锡《竹枝词二首·其一》）➡ ● 明西峰日，绿缛南溟 ●。（【唐】宋之问《雨从箕山来》）

➡ ●头树底觅残红,一片西飞一片●。(【唐】王建《宫词一百首·其八十七》)➡ ●流不作西归水,落花辞枝羞故●。(【唐】李白《相和歌辞·白头吟二首·其二》)➡ ●中观易罢,误上对鸥●。(【唐】韦应物《答李浣三首·其三》)➡ ●坐悲君亦自悲,百年都是几多●。(【唐】元稹《遣悲怀三首·其三》)➡ ●时横短笛,清风皓月,相与忘●。(【北宋】秦观《满庭芳·三之二》)➡ ●制开古迹,曾冰延乐方。(【唐】李邕《登历下古城员外孙新亭》)

答案:春蚕到死丝方尽,蜡炬成灰泪始干。→干越知何处,云山只向东。→东边日出西边雨,道是无晴却有晴。→晴明西峰日,绿缛南溪树。→树头树底觅残红,一片西飞一片东。→东流不作西归水,落花辞枝羞故林。→林中观易罢,误上对鸥闲。→闲坐悲君亦自悲,百年都是几多时。→时时横短笛,清风皓月,相与忘形。→形制开古迹,曾冰延乐方。

诗词趣谈

白居易风雪送物

相传有一年冬雪纷飞,白居易听说自己手下的两名武官被狂风大雪堵在城外山寺中受冻挨饿,心里很是挂念,于是让人准备了两件大衣和酒饭,又从自家书房取出一盒精致之物,附上一首小诗:"两国打仗,兵强马壮。马不吃草,兵不征粮",派人把这些物品冒雪送往寺中。那两名武官一见大喜,穿上厚厚的大衣,一边吃东西,一边乐呵呵地取出盒中之物,摆开阵势,相互"斗"了起来。您知道白居易送的是什么吗?

答案:象棋。

身无彩凤双飞翼,心有灵犀一点通。

——【唐】李商隐《无题》

【佳句解析】

　　身上没有彩凤的双翼,不能比翼齐飞;内心却像灵犀一样,感情息息相通。

【原作欣赏】

　　　　　　无题

　　昨夜星辰昨夜风,画楼西畔桂堂东①。
　　身无彩凤双飞翼,心有灵犀一点通②。
　　隔座送钩春酒暖③,分曹射覆蜡灯红④。
　　嗟余听鼓应官去⑤,走马兰台类转蓬⑥。

1. **画楼、桂堂:** 都是比喻富贵人家的屋舍。
2. **灵犀:** 旧说犀牛有神异,角中有白纹如线,直通两头。
3. **送钩:** 也称藏钩。古代的一种游戏,把钩互相传送后,藏于一人手中,令人猜。
4. **分曹:** 分组。**射覆:** 在覆器下放着东西令人猜。送钩、射覆未必是实指,只是形容宴会时的热闹。
5. **鼓:** 指更鼓。**应官:** 犹上班。
6. **兰台:** 即秘书省,掌管图书籍册。李商隐曾任秘书省正字。这句从字面看,是参加宴会后,随即骑马到兰台,类似蓬草之飞转,实则也隐含自伤飘零之意。

佳句品读

　　"身无彩凤双飞翼"写怀想之切、相思之苦:恨自己身上没有凤凰一样的双翅,可以飞到爱人身边。"心有灵犀一点通"

第 4 章 友谊·情感

写彼此相知之深：彼此的心意像犀角一样，息息相通。"身无"与"心有"，一外一内，一悲一喜，矛盾而奇妙地统一在一体，痛苦中有甜蜜，寂寞中有期待，相思的苦恼与心心相印的欣慰融合在一起，将那种深深相爱而又不能长相厮守的恋人的复杂微妙的心态刻画得细致入微、惟妙惟肖。

【佳句接龙】

身无彩凤双飞翼，心有灵犀一点通。（【唐】李商隐《无题》）

➡ 通塞两不见，波澜各自○。（【唐】司空曙《分流水》）➡ ○解

罗衣聊问、夜何○。（【北宋】李清照《南歌子》）➡ ○奈风流端正

外，更别有，系人心○。（【北宋】柳永《昼夜乐·二之一》）➡ ○处

湘云合，郎从何处○。（【唐】李益《山鹧鸪词》）➡ ○愿未克从，

黄金赠路○。（【唐】乔知之《定情篇》）➡ ○疑列御至，客似令

威○。（【唐】骆宾王《于紫云观赠道士》）➡ ○君明珠双泪垂，恨

不相逢未嫁○。（【唐】张籍《节妇吟》）➡ ○有行人叹顽健，黑

丝点破颔间○。（【南宋】陆游《晚步湖堤》）➡ ○细犹欺柳，风

柔已弄梅。（【北宋】晁补之《南歌子·谯园作》）

答案：身无彩凤双飞翼，心有灵犀一点通。→通塞两不见，波澜各自起。→起解罗衣聊问、夜何其。→其奈风流端正外，更别有，系人心处。→处处湘云合，郎从何处归。→归愿未克从，黄金赠路人。→人疑列御至，客似令威还。→还君明珠双泪垂，恨不相逢未嫁时。→时有行人叹顽健，黑丝点破颔间霜。→霜细犹欺柳，风柔已弄梅。

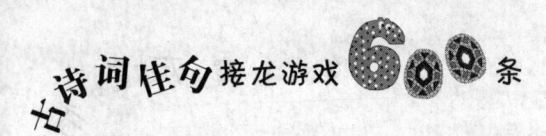

诗词趣谈

农夫巧谜戏秀才

从前有个秀才,整日酸文假醋,自以为作谜语有一手,所以经常出谜语让别人猜。一天,秀才出来逛荡,不觉走到郊外,看见有个老农正低头在田里锄地。秀才想,老农整日摆弄铁锹锄头,能有什么学问,何不出个谜语考考他,也好让他见识见识自己的学问。于是,秀才走到农夫跟前,说道:"农家,敝人有一小小谜语,不知你能猜否?"老农答道:"你说吧。"秀才说:"长脚小儿郎,嗡嗡入洞房。欲饮硃砂酒,一拍见阎王。"老农夫听罢,不禁一笑,马上说道:"老夫这里也有一个谜语,请你也猜猜:信号一声响,红娘上跑道。一圈一圈跑完时,不见红娘不见道。"秀才一听愣住了,抓耳挠腮,半天也想不出来。老农见他这副难堪相,就笑着说:"告诉你吧,你的谜底见着我的谜底就跑。"说得秀才满脸愧色,扭身逃走了。

答案:秀才的谜底是"蚊子",老农夫的谜底是"蚊香"。

此情可待成追忆,只是当时已惘然。

——【唐】李商隐《锦瑟》

【佳句解析】

如此情怀岂待今朝回忆始感无穷怅恨,即在当时早已是令人不胜惘然惆怅了。

【原作欣赏】

锦瑟

锦瑟无端五十弦①,一弦一柱思华年。
庄生晓梦迷蝴蝶②,望帝春心托杜鹃。
沧海月明珠有泪③,蓝田日暖玉生烟④。
此情可待成追忆,只是当时已惘然⑤。

❶ **锦瑟**:《周礼·乐器图》:"雅瑟二十三弦,颂瑟二十五弦,饰以宝玉者曰宝瑟,绘文如锦者曰锦瑟。"《史记·封禅书》:"太帝使素女鼓五十弦瑟,悲,帝禁不止,故破其瑟为二十五弦。"古瑟大小不等,弦数亦不同。**无端**:没来由,无缘无故。此句隐隐有悲伤之感,乃全诗之情感基调。历代解义山诗者,多以此诗为晚年之作。商隐享年不足五十,故此借"五十弦"起兴,暗喻生平,引发以下"一弦一柱"之思忆。

❷ **"庄生"句**:此句引庄周梦蝶故事,以言人生如梦,往事如烟之意。

❸ **"沧海"句**:传说鲛人眼泪能化成明珠。

❹ **"蓝田"句**:《元和郡县志》:"关内道京兆府蓝田县:蓝田山,一名玉山,在县东二十八里。"《困学纪闻》卷十八引司空表圣云:"戴容州谓诗家之景,如蓝田日暖,良玉生烟,可望而不可置于眉睫之前也。李义山玉生烟之句盖本于此。"

❺ **"此情""只是"两句**:这两句是说,如此情怀岂待今朝回忆始感无穷怅恨,即在当时早已是令人不胜惘然惆怅了。言下之意就是说,今朝追忆,其为怅恨,又当如何!

佳句品读

诗人郁结中怀的情感在本诗中幽曲微渺,往复低回,感染于人者至深,最后这两句所表达的对人生的感悟和迷惘,乃是人所共有,古今中外概莫能外的,正因如此,这两句乃至全诗才会历久常新,具有永恒的魅力。

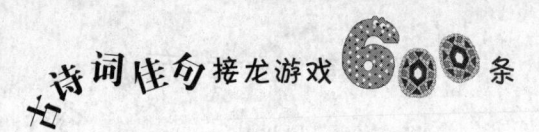

【佳句接龙】

此情可待成追忆，只是当时已惘然。（【唐】李商隐《锦瑟》）

➡ 然后恣逍遥，独往群麋●。（【唐】吴融《绵竹山四十韵》）➡

●门月照开烟树，忽到庞公栖隐●。（【唐】孟浩然《夜归鹿门山歌》）➡ ●处楼台多侠客，家家船舫待春●。（【南宋】陆游《戊辰立春日》）➡ ●宦区区成底事，平生况有云泉●。（【北宋】柳永《满江红·四之一·仙吕调》）➡ ●略整环钗影动，迟回顾步佩声●。（【北宋】贺铸《摊破浣溪纱》）➡ ●雨过，深院芰荷●。（【北宋】毛滂《最高楼·散后》）➡ ●州遗恨，不知今夜几人●。（【南宋】辛弃疾《水调歌头·和马叔度游月波楼》）➡ ●便是、秋心也，又随人、来到画●。（【南宋】史达祖《恋绣衾》）➡ ●上笑揖姮娥，似看罗袜尘生，鬓云风乱。（【北宋】杨无咎《卓牌子慢·中秋次田不伐韵》）

答案：此情可待成追忆，只是当时已惘然。→然后恣逍遥，独往群麋鹿。→鹿门月照开烟树，忽到庞公栖隐处。→处处楼台多侠客，家家船舫待春游。→游宦区区成底事，平生况有云泉约。→约略整环钗影动，迟回顾步佩声微。→微雨过，深院芰荷中。→中州遗恨，不知今夜几人愁。→愁便是、秋心也，又随人、来到画楼。→楼上笑揖姮娥，似看罗袜尘生，鬓云风乱。

第4章 友谊·情感

诗词趣谈

三姐妹猜谜

一天晚上,三姐妹在院子里乘凉。大姐说:"我出一则谜语,看你俩谁能猜着:一朵花儿怪,花枝绕干排。晴天家里栽,雨天开门外。"二姐正想说出谜底,调皮的三妹马上插嘴说:"还是先猜我一个谜吧:独市造高楼,没瓦没砖头。人在水底走,水在人上流。"二姐接着说:"你俩的谜等一下猜,还是先猜我的谜吧:在外肥胖胖,在家瘦长长。忙时泪汪汪,困时靠着墙。"说完三姐妹哈哈大笑。原来三姐妹说的都是同一物。您知道是什么吗?

答案:雨伞。

月上柳梢头,人约黄昏后。

——【北宋】欧阳修《生查子·元夕》

【佳句解析】

月上柳梢,与心上人相约在黄昏之后。

【原作欣赏】

生查子·元夕

去年元夜时①,花市灯如昼②。

月上柳梢头，人约黄昏后。
今年元夜时，月与灯依旧。
不见去年人，泪湿春衫袖。

注释

① 元夜：农历正月十五夜，即元宵节，也称上元节。唐代以来有元夜观灯的风俗。

② 花市：卖花的集市。

佳句品读

这两句情景交融，写出了恋人月光柳影下两情依依、情话绵绵的景象，制造出朦胧清幽、婉约柔美的意境。

【作者简介】

欧阳修（1007—1072），字永叔，号醉翁，晚号六一居士，北宋文学大家，名列唐宋八大家之一，治史和文学批评也卓有建树，著有《欧阳文忠公文集》。

【佳句接龙】

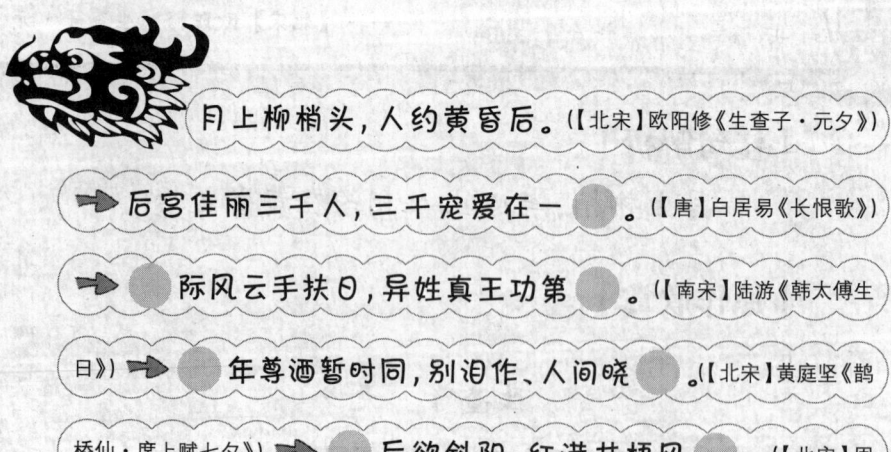

月上柳梢头，人约黄昏后。【北宋】欧阳修《生查子·元夕》）

➡ 后宫佳丽三千人，三千宠爱在一●。（【唐】白居易《长恨歌》）

➡ ●际风云手扶日，异姓真王功第●。（【南宋】陆游《韩太傅生日》）➡ ●年尊酒暂时同，别泪作、人间晓●。（【北宋】黄庭坚《鹊桥仙·席上赋七夕》）➡ ●后欲斜阳，红满井梧风●。（【北宋】周

紫芝《好事近》）➡ ●沾寒雨落，钟度远山●。（【唐】韦应物《寄酬李博士永宁主簿叔厅见待》）➡ ●迟终是也别，算何如趁取，凉生江●。（【南宋】王沂孙《齐天乐·四明别友》）➡ ●目悲生事，因人作远●。（【唐】杜甫《秦州杂诗二十首·其一》）➡ ●官区区成底事，平生况有云泉●。（【北宋】柳永《满江红·四之一·仙吕调》）➡ ●束奴兵，丁宁稚子，莫扫青苔砌。（【南宋】刘克庄《念奴娇·木犀》

答案：月上柳梢头，人约黄昏后。→后宫佳丽三千人，三千宠爱在一身。→身际风云手扶日，异姓真王功第一。→一年尊酒暂时同，别泪作、人间晓雨。→雨后欲斜阳，红满井梧风叶。→叶沾寒雨落，钟度远山迟。→迟迟终是也别，算何如趁取，凉生江满。→满目悲生事，因人作远游。→游宦区区成底事，平生况有云泉约。→约束奴兵，丁宁稚子，莫扫青苔砌。

诗词趣谈

读诗句，猜成语

① 相逢何必曾相识。
② 养在深闺人不识。
③ 野火烧不尽，春风吹又生。

答案：① 一见如故 ② 其貌不扬 ③ 卷土重来

十年生死两茫茫，不思量，自难忘。

——【北宋】苏轼《江城子·乙卯正月二十日夜记梦》

【佳句解析】

生死隔绝，十年音讯都渺茫，不去思念，却本来就难忘。

【原作欣赏】

江城子·乙卯正月二十日夜记梦①

十年生死两茫茫②，不思量③，自难忘。千里孤坟④，无处话凄凉。纵使相逢应不识，尘满面，鬓如霜。　　夜来幽梦忽还乡⑤，小轩窗⑥，正梳妆。相顾无言⑦，惟有泪千行。料得年年肠断处，明月夜，短松冈⑧。

① **乙卯**：公元1075年，即宋神宗熙宁八年。
② **十年**：指苏轼妻子王弗去世已十年。
③ **思量**：想念。
④ **千里**：王弗葬地四川眉山与苏轼任所山东密州，相隔遥远，故称"千里"。**孤坟**：指苏轼妻子王氏之墓。
⑤ **幽梦**：梦境隐约，故云幽梦。
⑥ **小轩窗**：指小室的窗前。
⑦ **顾**：看。
⑧ **短松冈**：指苏轼葬妻之地。**短松**：矮松。

佳句品读

生死相隔，即使已过十年，但活着的人对逝者依然感念在心，难以忘怀，这两句用语真挚朴素，却又沉郁感人。

第4章 友谊·情感

【作者简介】

苏轼（1037—1101），字子瞻，号东坡居士，北宋著名文学家、书画家，文与欧阳修并称"欧苏"，诗与黄庭坚并称"苏黄"，词开豪放一派，与辛弃疾并称"苏辛"，书法与黄庭坚、米芾、蔡襄并称"宋四家"，著有《东坡七集》《东坡乐府》等。

【佳句接龙】

十年生死两茫茫，不思量，自难忘。（【北宋】苏轼《江城子·乙卯正月二十日夜记梦》）➡ 忘却王家与谢家，别有衔泥〇。（【南宋】刘克庄《卜算子·燕》）➡ 〇处跃秧马，家家闲水〇。（【南宋】陆游《孟夏方渴雨忽暴热雨遂大作》）➡ 〇傍侧挂一壶酒，凤笙龙管行相〇。（【唐】李白《襄阳歌》）➡ 〇花未歇花奴鼓，酒醒已见残红。（【清】纳兰性德《菩萨蛮》）➡ 〇榭歌台，风流总被，雨打风吹〇。（【南宋】辛弃疾《永遇乐·京口北固亭怀古》）➡ 〇程何许是归程，离觞为我深深〇。（【南宋】张孝祥《踏莎行·五月十三日月甚佳》）➡ 〇君更尽一杯酒，西出阳关无故〇。（【唐】王维《渭城曲》）➡ 〇生莫羡苦长命，命长感旧多悲〇。（【唐】白居易《感旧》）➡ 〇勤程自远，寂寞夜多寒。（【唐】姚合《送杜观罢举东游》）

答案：十年生死两茫茫，不思量，自难忘。→忘却王家与谢家，别有衔泥处。→处处跃秧马，家家闲水车。→车傍侧挂一壶酒，凤笙龙管相催。→催花未歇花奴鼓，酒醒已见残

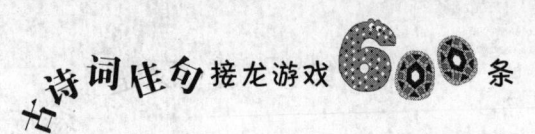

红舞。→舞榭歌台,风流总被,雨打风吹去。→去程何许是归程,离筋为我深深劝。→劝君更尽一杯酒,西出阳关无故人。→人生莫羡苦长命,命长感旧多悲辛。→辛勤程自远,寂寞夜多寒。

诗 词 趣 谈

书童买物

  有一天一个秀才提笔写了一首于谦的诗:"千锤万凿出深山,烈火焚烧若等闲。粉身碎骨浑不怕,要留清白在人间。"他把这首诗交给书童,让书童上街买诗中所写的东西。书童买回了一块磨刀石、一把铁钉子、半口袋麦子和一斤豆腐。秀才问他为什么买这几种东西,他说:"磨刀石是开采而来,就是千锤万凿出深山;铁钉是铁打而成,也就是烈火焚烧若等闲;麦子磨成面粉,就是粉身碎骨浑不怕;豆腐是豆子加工而成,也就是要留清白在人间。"秀才听了书童的回答后说:"这些东西都不是我要买的,我只是要买一种东西。"于是又另派一个书童去买,这个书童先将这首诗仔细地读了又读,又认真地思考了一会儿,很快就背回了一筐东西。秀才看后非常高兴,这正是他所需要的东西。您知道这筐里盛的是什么吗?

答案:石灰。

第5章 世态·哲理

年年岁岁花相似,岁岁年年人不同。

——【唐】刘希夷《代悲白头翁》

【佳句解析】

　　一年又一年过去了,花依旧没有什么变化,人却和以前大不一样了。

【原作欣赏】

代悲白头翁

洛阳城东桃李花,飞来飞去落谁家?
洛阳女儿好颜色,坐见落花长叹息。
今年花落颜色改,明年花开复谁在?
已见松柏摧为薪①,更闻桑田变成海②。
古人无复洛城东,今人还对落花风。
年年岁岁花相似,岁岁年年人不同。
寄言全盛红颜子,应怜半死白头翁。
此翁白头真可怜,伊昔红颜美少年。
公子王孙芳树下,清歌妙舞落花前③。
光禄池台文锦绣④,将军楼阁画神仙⑤。

一朝卧病无相识，三春行乐在谁边？
宛转蛾眉能几时⑥，须臾鹤发乱如丝。
但看古来歌舞地，唯有黄昏鸟雀悲。

注释

① **松柏摧为薪**：松柏被砍伐作柴薪。《古诗十九首》："古墓犁为田，松柏摧为薪。"

② **桑田变成海**：《神仙传》："麻姑谓王方平曰：'接待以来，已见东海三为桑田。'"

③ **"公子""清歌"两句**：这两句是说，白头翁年轻时曾和公子王孙在树下花前共赏清歌妙舞。

④ **光禄**：光禄勋。《后汉书·马援传》载：马援之子马防在汉章帝时拜光禄勋，生活很奢侈。**文锦绣**：指以锦绣装饰池台中物。

⑤ **将军**：指东汉贵戚梁冀，他曾为大将军。《后汉书·梁冀传》载：梁冀大兴土木，建造府宅。以上这两句说白头翁昔年曾出入权势之家，过豪华的生活。

⑥ **宛转蛾眉**：本为年轻女子的面部化妆，此代指青春年华。

佳句品读

这两句以优美、流畅、工整的对句集中地表现对青春易老世事无常的感叹，富于诗的意境，且具有哲理性："年年岁岁"和"岁岁年年"叠字错落，强调了时光流逝的无情事实，"花相似"、"人不同"的对比，则突出了花卉盛衰有时而人生青春不再的无奈，耐人寻味。

【作者简介】

刘希夷（约651—？），字延之（一作庭芝），唐代诗人，其诗以歌行见长，多写闺情，辞意柔婉华丽，且多感伤情调，原有集，已失传。

【佳句接龙】

年年岁岁花相似，岁岁年年人不同。（【唐】刘希夷《代悲白头翁》）→同郎一回顾，听唱纥那声。（【唐】刘禹锡《杂曲歌辞·纥那曲》）→声断碧云外，影孤明月中。（【唐】杜牧《琴曲歌辞·别鹤》）→中和癸卯春三月，洛阳城外花如雪。（【唐】韦庄《秦妇吟》）→雪消门外千山绿，花发江边二月晴。（【北宋】欧阳修《春日西湖寄谢法曹歌》）→晴看石濑光无数，晓入寒潭漫不流。（【唐】刘希夷《洛中晴月送殷四入关》）→流水落花春去也，天上人间。（【南唐】李煜《浪淘沙令》）→间关莺语花底滑，幽咽泉流冰下难。（【唐】白居易《琵琶行》）→难续西楼梦，空存北陌身。（【南宋】陆游《暮春》）→身健在，且加餐。（【北宋】黄庭坚《鹧鸪天·坐中有眉山隐客史应之和前韵，即席答之》）

答案：年年岁岁花相似，岁岁年年人不同。→同郎一回顾，听唱纥那声。→声断碧云外，影孤明月中。→中和癸卯春三月，洛阳城外花如雪。→雪消门外千山绿，花发江边二月晴。→晴看石濑光无数，晓入寒潭漫不流。→流水落花春去也，天上人间。→间关莺语花底滑，幽咽泉流冰下难。→难续西楼梦，空存北陌身。→身健在，且加餐。

诗词趣谈

诗中有四季

请将"春、夏、秋、冬"分别填入下列诗句当中。

① （ ）潮带雨晚来急,野渡无人舟自横（韦应物）。
② 漠漠水田飞白鹭,阴阴（ ）市啭黄鹂（王维）。
③ 砧杵敲残深巷月,井桐摇落故园（ ）（陆游）。
④ 岁华皆采获,（ ）晚共严枯（江总）。
⑤ 邯郸驿里逢（ ）至,抱膝灯前影伴身（白居易）。
⑥ 清溪流过碧山头,空水澄鲜一色（ ）（程颢）。
⑦ 仲（ ）苦夜短,开轩纳微凉（杜甫）。
⑧ （ ）雨断桥人不渡,小船撑出绿荫来（徐俯）。

答案：①春 ②夏 ③秋 ④冬 ⑤冬 ⑥秋 ⑦夏 ⑧春

欲穷千里目,更上一层楼。

——【唐】王之涣《登鹳雀楼》

【佳句解析】

若想把千里的风光景物看够,那就要登上更高的一层楼。

【原作欣赏】

登鹳雀楼①

白日依山尽②，黄河入海流。
欲穷千里目③，更上一层楼。

① **鹳雀楼**：旧址在今山西永济市，楼高三层，前对中条山，下临黄河。传说常有鹳雀在此停留，故有此名。
② **白日**：太阳。**依**：依傍。**尽**：消失。这句是说太阳依傍山峦沉落。
③ **穷**：尽，使达到极点。**千里目**：这里是形容眼界宽阔。

佳句品读

> 这两句虚实结合得十分巧妙，"千里"、"一层"，既可以是实指，也可以是虚指，要看到目力所能达到极致的地方，那就要站得更高，这其中更是表达出一种无止境探求的愿望，境界宏大，造语自然，在眼前事物的描述中，既顺承前两句的诗意，又别翻新意，包含着深刻的哲理。

【作者简介】

王之涣（688—742），字季凌，盛唐诗人，其诗以善于描写边塞风光著称。

【佳句接龙】

欲穷千里目，更上一层楼。（【唐】王之涣《登鹳雀楼》）

楼上春风日将歇，谁能揽镜看愁鬓。（【唐】李白《捣衣篇》）

不胜簪短褐宽，每因临镜叹衰。（【南宋】陆游《寄张季长》）

→ ●云事绪无人舍,恨匆匆、药娥归去难●。(【南宋】史达祖《月当厅》)→ ●花不用持银烛,暗里闻●。(【北宋】周邦彦《丑奴儿·大石梅花》)→ ●冷金猊,被翻红浪,起来慵自梳●。(【北宋】李清照《凤凰台上忆吹箫》)→ ●上锐耳批秋竹,脚下高蹄削寒●。(【唐】杜甫《李鄠县丈人胡马行》)→ ●戚初蹈厉,金鲍既静●。(【唐】张九龄《南郊太尉酌献武舞作凯安之乐》)→ ●景何曾虚过,胜友是处相●。(【北宋】朱敦儒《雨中花·岭南作》)→ ●取姚家花相伴,羞与万红同落。(【南宋】刘克庄《贺新郎·再用约字》)

答案:欲穷千里目,更上一层楼。→楼上春风日将歇,谁能揽镜看愁发。→发不胜簪短褐宽,每因临镜叹衰残。→残云事绪无人舍,恨匆匆、药娥归去难寻。→寻花不用持银烛,暗里闻香。→香冷金猊,被翻红浪,起来慵自梳头。→头上锐耳批秋竹,脚下高蹄削寒玉。→玉戚初蹈厉,金鲍既静好。→好景何曾虚过,胜友是处相留。→留取姚家花相伴,羞与万红同落。

诗词趣谈

读诗句,猜成语

① 凭君传语报平安。
② 千里江陵一日还。
③ 千门万户曈曈日。

答案:① 言而无信 ② 一日千里 ③ 无所不晓

长恨春归无觅处,不知转入此中来。

——【唐】白居易《大林寺桃花》

【佳句解析】

我常常为春天的逝去无处寻觅而惋惜,没想到春天反倒在这深山寺庙之中了。

【原作欣赏】

大林寺桃花①

人间四月芳菲尽②,山寺桃花始盛开③。
长恨春归无觅处④,不知转入此中来⑤。

1. **大林寺**:在庐山大林峰,相传为晋代僧人昙诜所建,为我国佛教胜地之一。
2. **人间**:指庐山下的平地村落。**芳菲**:盛开的花,亦可泛指花或花草艳盛的阳春景色。**尽**:指花凋谢了。
3. **山寺**:指大林寺。**始**:才,刚刚。
4. **长恨**:常常惋惜。**觅**:寻找。
5. **不知**:岂料,想不到。**转**:反。**此中**:这深山的寺庙里。

佳句品读

这两句诗一举扭转了对于春天的叹逝之情,转而一变而为惊异、欣喜,以至心花怒放。诗人想到,自己曾因为春天易逝而惜春、恋春,谁知却是错怪了春,原来春并未归去,只不过转到深山寺庙当中,他用桃花代替抽象的春光,把春光写得具体可感、生动美丽,同时又立意新颖、造语趣雅。

【佳句接龙】

长恨春归无觅处,不知转入此中来。（【唐】白居易《大林寺桃花》）→ 来时晓出城东陌,城外风烟如塞●。（【唐】韦庄《秦妇吟》）→ ●夺迎仙羽,花避犯霜●。（【唐】骆宾王《寓居洛滨对雪忆谢二》）→ ●英疏淡,冰澌溶泄,东风暗换年●。（【北宋】秦观《望海潮·洛阳怀古》）→ ●灯纵博,雕鞍驰射,谁记当年豪●？（【南宋】陆游《鹊桥仙》）→ ●头望明月,低头思故●。（【唐】李白《静夜思》）→ ●泪客中尽,孤帆天际●。（【唐】孟浩然《早寒江上有怀》）→ ●云舒卷了穷达,见月亏盈知死●。（【南宋】陆游《溪上》）→ ●长西都逢化日,行歌不记流●。（【北宋】朱敦儒《临江仙》）→ ●少从我追游,晚凉幽径,绕张园森木。（【北宋】黄庭坚《念奴娇》）

答案：长恨春归无觅处,不知转入此中来。→来时晓出城东陌,城外风烟如塞色。→色夺迎仙羽,花避犯霜梅。→梅英疏淡,冰澌溶泄,东风暗换年华。→华灯纵博,雕鞍驰射,谁记当年豪举？→举头望明月,低头思故乡。→乡泪客中尽,孤帆天际看。→看云舒卷了穷达,见月亏盈知死生。→生长西都逢化日,行歌不记流年。→年少从我追游,晚凉幽径,绕张园森木。

诗词趣谈

爱听奉承话的胖大嫂

　　有位胖大嫂,爱听人的奉承话,谁不夸上她几句,向她要水喝也难。一天,有位走村串户的货郎因天热口渴向胖大嫂讨碗水,突然想起她爱听好话,于是转口说道:"大嫂你呀,十七十八二十五,犹如坛中水豆腐,三月萝卜有水色,叶里梅花真看得。"胖大嫂怎知此话的言外之意,以为货郎在称赞她年轻美貌,喜得心花怒放,殷勤招待起货郎来。请想一想,货郎是怎样讽刺胖大嫂的?

　　答案:这是货郎以谜面成诗说的讽刺话。十七、十八、二十五,加起来变成六十,是说太老了;坛中水豆腐是霉了,哪还看得;三月的萝卜筋多,要不得了;叶里梅花,是快结成梅子了,指一副酸相。

十年磨一剑,霜刃未曾试。

——【唐】贾岛《剑客》

【佳句解析】

　　十年磨成一剑,还未试过锋芒。

【原作欣赏】

剑客

十年磨一剑,霜刃未曾试①。

今日把示君②，谁有不平事？

注释

① **霜刃：** 形容剑刃寒光闪闪，十分锋利。
② **示：** 给……看。

佳句品读

"十年磨一剑"，表明此剑凝聚剑客多年心力，非同一般。"霜刃未曾试"，表现剑刃寒光闪烁，锋利无比，却未曾试过它的锋芒。虽说"未曾试"，而跃跃欲试之意已流于言外。此两句咏物而兼自喻，诗人未写十年寒窗苦读的艰辛，也未正面写自己的才华和理想，却通过托物言志，表现了盼望能在政治上一展兴利除弊抱负的愿望。

【作者简介】

贾岛(779—843)，字阆仙（一作浪仙），唐代诗人。其诗精于雕琢，喜写荒凉、枯寂之境，多凄苦情味，著有《长江集》等。

【佳句接龙】

十年磨一剑，霜刃未曾试。（【唐】贾岛《剑客》）➡ 试问闲愁都几许？一川烟雨，满城风絮，梅子黄时〇。（【北宋】贺铸《青玉案》）➡ 〇中黄叶树，灯下白头〇。（【唐】司空曙《喜见外弟卢纶见宿》）➡ 〇生自古谁无死，留取丹心照汗〇。（【南宋】文天祥《过零丁洋》）➡ 〇山遮不住，毕竟东流〇。（【南宋】辛弃疾《菩萨蛮·书江西造口壁》）➡ 〇时里正与裹头，归来头白还戍〇。（【唐】杜甫《兵车行》→ ●风飘飘那可度,绝域苍茫更何●。(【唐】高适《燕歌行》→ ●弟皆分散,无家问死●。(【唐】杜甫《月夜忆舍弟》)→ ●涯无岁月,岐路有风●。(【唐】骆宾王《春日离长安客中言怀》)→ ●栖故苑,叹璧月空檐,梦云飞观。(【南宋】高观国《齐天乐》)

答案:十年磨一剑,霜刃未曾试。→试问闲愁都几许?一川烟雨,满城风絮,梅子黄时雨。→雨中黄叶树,灯下白头人。→人生自古谁无死,留取丹心照汗青。→青山遮不住,毕竟东流去。→去时里正与裹头,归来头白还戍边。→边风飘飘那可度,绝域苍茫更何有。→有弟皆分散,无家问死生。→生涯无岁月,岐路有风尘。→尘栖故苑,叹璧月空檐,梦云飞观。

诗词趣谈

诗谜卖好酒

　　相传在明朝正德年间,粤州城西有一家小酒店,虽然卖的是好酒,无奈因为店面不起眼,生意一直清淡。这一年,一位名叫伦文叙的才子到粤州府参加科举考试,路过这家小酒店,他打了二两酒,喝完后赞不绝口:"入口醇正甘洌,下肚绵柔回甜,余香悠悠,果然是好酒!"伦文叙赞罢,但见老板愁眉苦脸,直说生意不好,经常乏人问津。伦文叙听罢笑笑说:"老板无须发愁,我有办法使生意兴隆起来!"说罢,要酒店老板取来文房四宝,写了一首诗,贴在店门口:一轮明月挂天边,淑女才子并蒂莲;碧波池畔酉时会,细读诗书不用言!嗜酒者以文人墨客居多,路过一看,便纷纷进店喝酒,生意果然兴隆起来了。原来这首诗隐含着四个字,请问这四个字是什么呢?

答案:有好酒卖。

无可奈何花落去,似曾相识燕归来。

——【北宋】晏殊《浣溪沙》

【佳句解析】

春花在无可奈何之中凋落,而飞回的燕子似曾相识。

【原作欣赏】

浣溪沙

一曲新词酒一杯,去年天气旧亭台①。夕阳西下几时回?无可奈何花落去,似曾相识燕归来。小园香径独徘徊②。

① **去年天气旧亭台**:这句是说天气、亭台都和去年一样。
② **香径**:带着幽香的园中小径。

佳句品读

这两句情致缠绵,音调谐婉,对仗工稳,在若有若无的淡淡闲愁当中又有着耐人寻味的幽微意韵。"花落去"、"燕归来",本属司空见惯的寻常小事,但当词人加上带有感叹色彩的词组"无可奈何"与"似曾相识"以后,便把这极其普通的自然现象纳入人生有限而时间永恒这一哲学范畴中来,写出了人们心中所有但为笔底所无的细腻感受,创造出一种"情中有思"的意境。

【作者简介】

晏殊(991—1055),字同叔,北宋词人。他工诗善文,以词著于文坛,尤擅小令,风格含蓄婉丽,著有《珠玉词》。

【佳句接龙】

无可奈何花落去,似曾相识燕归来。(【北宋】晏殊《浣溪沙》)➡ 来日绮窗前,寒梅著花●。(【唐】王维《杂诗》)➡ ●报长安平定,万国岂得衔●。(【唐】韦应物《杂曲歌辞·三台二首·其一》)➡ ●行到君莫停手,破除万事无过●。(【唐】韩愈《赠郑兵曹》)➡ ●狂因月舞,诗俊为梅●。(【南宋】高观国《临江仙·东越道中》)➡ ●雁过、缥缈孤云天●。(【南宋】赵以夫《龙山会·南丰登高》)➡ ●庵睡起坐东厢,无事方知日月●。(【南宋】陆游《龟堂东窗戏弄笔墨偶得绝句》)➡ ●啸青云外,自嗟自笑,了无恨海愁●。(【南宋】葛长庚《促拍满路花·和纯阳韵》)➡ ●无重数周遭碧,花不知名分外●。(【南宋】辛弃疾《鹧鸪天·代人赋》)➡ ●嫩处、有情皆惜,无香何慊。(【南宋】刘克庄《满江红·海棠》)

答案:无可奈何花落去,似曾相识燕归来。→来日绮窗前,寒梅著花未。→未报长安平定,万国岂得衔杯。→杯行到君莫停手,破除万事无过酒。→酒狂因月舞,诗俊为梅新。→新雁过、缥缈孤云天北。→北庵睡起坐东厢,无事方知日月长。→长啸青云外,自嗟自笑,了无恨海愁山。→山无重数周遭碧,花不知名分外娇。→娇嫩处、有情皆惜,无香何慊。

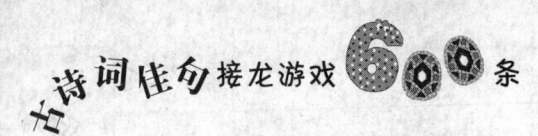

诗词趣谈

读诗句，猜成语

① 轻舟已过万重山。
② 山重水复疑无路，柳暗花明又一村。
③ 山外青山楼外楼。

答案：① 一泻千里　② 绝处逢生　③ 天外有天

不识庐山真面目，只缘身在此山中。

——【北宋】苏轼《题西林壁》

【佳句解析】

人们之所以认不清庐山本来的面目，是因为自己身在庐山之中。

【原作欣赏】

题西林壁①

横看成岭侧成峰，远近高低各不同。
不识庐山真面目②，只缘身在此山中③。

❶ **题西林壁：** 写在西林寺的墙壁上。**题：** 书写，题写。**西林：** 西林寺，在江西庐山北麓。

② **识**：认识，清楚。**真面目**：指庐山真实的景色。
③ **缘**：同"原"，因为，由于。**此山**：这座山，指庐山。

佳句品读

> 为什么不能辨认庐山的真实面目呢？因为身在庐山之中，视野为庐山的峰峦所局限，看到的只是庐山的局部而已。这两句在游山所见当中，蕴含着丰富的内涵——由于人们所处的地位不同、看问题的出发点不同，对客观事物的认识难免有一定的片面性，要认识事物的真相与全貌，必须超越狭小的范围，摆脱主观成见。

【佳句接龙】

不识庐山真面目，只缘身在此山中。（【北宋】苏轼《题西林壁》）➡ 中散不偶世，本自餐霞●。（【南朝·宋】颜延之《五君咏·嵇中散》）➡ ●面不知何处去，桃花依旧笑春●。（【唐】崔护《题都城南庄》）➡ ●急天高猿啸哀，渚清沙白鸟飞●。（【唐】杜甫《登高》）➡ ●眸一笑百媚生，六宫粉黛无颜●。（【唐】白居易《长恨歌》）➡ ●声非彼妄，浮幻即吾●。（【唐】王维《与胡居士皆病寄此诗兼示学人二首·其一》）➡ ●成爱长日，未用忆新●。（【南宋】陆游《夏日》）➡ ●风亦是可怜人，要令天意知人●。（【南宋】刘辰翁《玉楼春·乙酉九日》）➡ ●景萧条，送君归去添凄●。（【北

【宋】毛滂《烛影摇红·送会宗》➡️ 霞销尽，新月又婵娟。（【北宋】周紫芝《定风波令》）

答案：不识庐山真面目，只缘身在此山中。→中散不偶世，本自餐霞人。→人面不知何处去，桃花依旧笑春风。→风急天高猿啸哀，渚清沙白鸟飞回。→回眸一笑百媚生，六宫粉黛无颜色。→色声非彼妄，浮幻即吾真。→真成爱长日，未用忆新秋。→秋风亦是可怜人，要令天意知人老。→老景萧条，送君归去添凄断。→断霞销尽，新月又婵娟。

诗词趣谈

相思病

传说赵明诚与李清照一见钟情，因当时婚姻讲究"父母之命、媒妁之言"，赵明诚十分担心无法如愿，于是饮食大减，形体渐瘦，以至卧床不起。赵父闻讯赶回家中，见儿子骨瘦如柴，十分焦急，就问儿子想吃什么。赵明诚说："昨夜梦见一游方道士，为儿开了一剂良方，药单所列方剂，儿仍记得。"说罢，他便吟道："言与司合，安上已脱；芝麻除草，芙蓉开花。"赵父饱读诗书，一听即明，当即笑道："此事好办，为父即刻派人去办！"赵明诚的病很快就好了。您知道这治好赵明诚病的灵丹妙药是什么吗？

答案：赵明诚借药方讲出了自己想做"词女之夫"。赵父派人上李宅求婚，这才治好了儿子的"病"。

> 人有悲欢离合，月有阴晴圆缺，此事古难全。
>
> ——【北宋】苏轼《水调歌头》

【佳句解析】

人有悲欢离合的变迁，月也有阴晴圆缺的转换，这种事自古以来就难以周全。

【原作欣赏】

水调歌头

丙辰中秋①，欢饮达旦，大醉，作此篇，兼怀子由②。

明月几时有？把酒问青天③。不知天上宫阙④，今夕是何年⑤。我欲乘风归去⑥，又恐琼楼玉宇⑦，高处不胜寒⑧。起舞弄清影⑨，何似在人间⑩。　转朱阁⑪，低绮户⑫，照无眠⑬。不应有恨，何事长向别时圆⑭？人有悲欢离合，月有阴晴圆缺，此事古难全。但愿人长久，千里共婵娟⑮。

❶ **丙辰：** 北宋神宗熙宁九年（1076）。
❷ **子由：** 苏轼弟弟苏辙的字。
❸ **把酒：** 端起酒杯。
❹ **宫阙：** 宫殿。
❺ **今夕是何年：** 古代神话传说，天上一日，世间千年，故作者有此一问。
❻ **归去：** 回到天上去。
❼ **琼楼玉宇：** 美玉砌成的楼宇。指想象中的天上宫殿。
❽ **不胜：** 经受不住。
❾ **弄清影：** 意思是月光下的身影也跟着做出各种舞姿。

⑩ **何似**：哪里比得上。
⑪ **朱阁**：朱红色的楼阁。
⑫ **绮户**：刻有纹饰的门窗。
⑬ **照无眠**：照着没有睡意的人。
⑭ **何事**：为什么。**长**：总是。**向**：在。
⑮ **婵娟**：美丽的月光，代指月亮。

佳句品读

这两句以人生的悲欢离合对应月亮的阴晴圆缺，正说明了这世界本身并非完满无缺，每一件事物都有自己固有的缺憾，明白了这一点，就再不必怨天尤人了。从中也流露出词人悟透人生的洒脱胸襟和旷达性格。

【佳句接龙】

人有悲欢离合，月有阴晴圆缺，此事古难全。【北宋】苏轼《水调歌头》➡ 全胜汉武锦楼上，晓望晴寒饮花●。【唐】李贺《舞曲歌辞·拂舞辞》➡ ●从今夜白，月是故乡●。【唐】杜甫《月夜忆舍弟》➡ ●月几时有，把酒问青●。【北宋】苏轼《水调歌头》➡ ●生我材必有用，千金散尽还复●。【唐】李白《将进酒》➡ ●宵虽道十分满，未必胜如此夜●。【北宋】朱敦儒《鹧鸪天·正月十四夜》➡ ●年二月时，更向城阴●。【北宋】刘一止《生查子》➡ ●秩宣王命，斋心待漏●。【唐】孟浩然《陪张丞相祠》

紫盖山,途经玉泉寺》) ➡ 行又历孤村,楚天阔、望中未。【北宋】柳永《轮台子》) ➡ 来雨过,遗踪何在,一池萍碎。【北宋】苏轼《水龙吟·次韵章质夫杨花词》)

答案：人有悲欢离合,月有阴晴圆缺,此事古难全。→全胜汉武锦楼上,晓望晴寒饮花露。→露从今夜白,月是故乡明。→明月几时有,把酒问青天。→天生我材必有用,千金散尽还复来。→来宵虽道十分满,未必胜如此夜明。→明年二月时,更向城阴望。→望秩宣王命,斋心待漏行。→行行又历孤村,楚天阔、望中未晓。→晓来雨过,遗踪何在,一池萍碎。

诗词趣谈

传统词谜

忆当年,头戴彩色缨帽,身穿罗纱数套。
别人见了喜悦,自己也觉得俊俏。
不幸老年到,衣帽被剥,悬空高吊。
受尽风吹日晒,弄得皮干心躁。
他日被放下,还不轻饶。
打得骨肉分离,最终还不免到衙门走一遭。
(打一农作物)

答案：玉米。

> 物是人非事事休,欲语泪先流。
>
> ——【南宋】李清照《武陵春·春晚》

【佳句解析】

　　风物依旧是原样,但人已经不同,一切事情都完了,想要诉说苦衷,眼泪早已先落下。

【原作欣赏】

武陵春·春晚

　　风住尘香花已尽,日晚倦梳头。物是人非事事休,欲语泪先流。　闻说双溪春尚好①,也拟泛轻舟②。只恐双溪舴艋舟③,载不动许多愁。

注释

① 双溪:水名,在今浙江金华城南。
② 拟:准备。
③ 舴艋舟:形似蚱蜢的小船。

佳句品读

　　此词写于词人避乱金华之时,国破、家亡、夫死,物是人非,她不禁悲从中来,感到万事皆休,即使有心诉说自己的遭遇和心情,也是言未出而泪先流,这比"声泪俱下"的描写更深入了一层。她内心的浓重哀愁是不可触摸的,不但不能说,而且不能想,一想到就会泪如雨下,这两句下语看似平易,用意却无比精深,感人肺腑,动人心弦。

第5章 世态·哲理

【佳句接龙】

物是人非事事休,欲语泪先流。(【南宋】李清照《武陵春·春晚》)→ 流水淘沙不暂停,前波未灭后波○。(【唐】刘禹锡《浪淘沙·其九》)→ ○女犹得嫁比邻,生男埋没随百○。(【唐】杜甫《兵车行》)→ ○不谢荣于春风,木不怨落于秋○。(【唐】李白《相和歌辞·日出行》)→ ○水接冥濛,一角西南○。(【清】纳兰性德《生查子》)→ ○壁旧带秦城梦,因谁拜下,杨柳楼○。(【南宋】史达祖《月当厅》)→ ○肝吐尽无余事,口腹安然岂远○。(【南宋】陈亮《鹧鸪天·怀王道甫》)→ ○士伏剑死,至今悲所○。(【唐】宋之问《夜渡吴松江怀古》)→ ○道南池梅最早,要君携手试同○。(【南宋】陆游《寄邓公寿》)→ ○寻觅觅,冷冷清清,凄凄惨惨戚戚。(【南宋】李清照《声声慢》)

答案: 物是人非事事休,欲语泪先流。→流水淘沙不暂停,前波未灭后波生。→生女犹得嫁比邻,生男埋没随百草。→草不谢荣于春风,木不怨落于秋天。→天水接冥濛,一角西南白。→白壁旧带秦城梦,因谁拜下,杨柳楼心。→心肝吐尽无余事,口腹安然岂远谋。→谋士伏剑死,至今悲所闻。→闻道南池梅最早,要君携手试同寻。→寻寻觅觅,冷冷清清,凄凄惨惨戚戚。

诗词趣谈

读诗句，猜成语

① 谁知盘中餐，粒粒皆辛苦。
② 桃花潭水深千尺，不及汪伦送我情。
③ 质本洁来还洁去。

答案：① 来之不易　② 无与伦比　③ 善始善终

> 山重水复疑无路，柳暗花明又一村。
>
> ——【南宋】陆游《游山西村》

【佳句解析】

山峦重叠，溪流曲折，仿佛已经无路可走了，忽然看见柳色浓绿，花色明丽，又一个村庄出现在眼前。

【原作欣赏】

游山西村

莫笑农家腊酒浑①，丰年留客足鸡豚②。
山重水复疑无路③，柳暗花明又一村④。
箫鼓追随春社近⑤，衣冠简朴古风存⑥。

从今若许闲乘月⑦,拄杖无时夜叩门⑧。

① 腊酒:腊月里酿造的酒。
② 足鸡豚(tún):意思是准备了丰盛的菜肴。足:足够,丰盛。豚:小猪,这里代指猪肉。
③ 山重水复:一座座山、一道道水重重叠叠。
④ 柳暗花明:柳色深绿,花色明丽。
⑤ 箫鼓:吹箫打鼓。春社:古代把立春后第五个戊日作为春社日,拜祭社公(土地神)和五谷神,祈求丰收。
⑥ 古风存:保留着淳朴的古代风俗。
⑦ 若许:如果能够这样。闲乘月:有空闲时趁着月光前来。
⑧ 无时:没有一定的时间,即随时。叩(kòu)门:敲门。

佳句品读

这两句诗写出了路疑无而实有、景似绝而复出的情境,不仅反映了诗人对前途所抱的希望,也道出了世间事物消长变化的哲理,体现了宋诗特有的理趣,即使是今人读来,也能感受到在人生某种境遇中,存在与诗句所写有着惊人的契合之处,因而依旧倍感亲切。

【佳句接龙】

山重水复疑无路,柳暗花明又一村。(【南宋】陆游《游山西村》) ➡ 村烟日云夕,榛路有归 ●。(【唐】孟浩然《山中逢道士云公》)

➡ ● 心洗流水,余响入霜 ● 。(【唐】李白《听蜀僧浚弹琴》)➡

➡ ● 鼎山林都是梦,人间宠辱休 。(【南宋】辛弃疾《临江仙·再用前

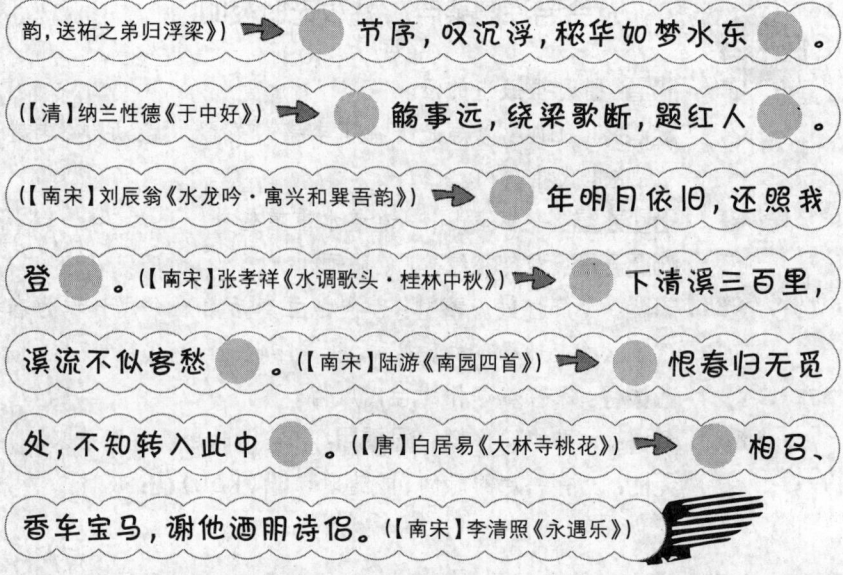

韵,送祐之弟归浮梁》)→ ○节序,叹沉浮,秾华如梦水东○。

([清]纳兰性德《于中好》)→ ○觞事远,绕梁歌断,题红人○。

([南宋]刘辰翁《水龙吟·寓兴和巽吾韵》)→ ○年明月依旧,还照我登○。([南宋]张孝祥《水调歌头·桂林中秋》)→ ○下清淇三百里,淇流不似客愁○。([南宋]陆游《南园四首》)→ ○恨春归无觅处,不知转入此中○。([唐]白居易《大林寺桃花》)→ ○相召、香车宝马,谢他酒朋诗侣。([南宋]李清照《永遇乐》)

答案:山重水复疑无路,柳暗花明又一村。→村烟日云夕,榛路有归客。→客心洗流水,余响入霜钟。→钟鼎山林都是梦,人间宠辱休惊。→惊节序,叹沉浮,秾华如梦水东流。→流觞事远,绕梁歌断,题红人去。→去年明月依旧,还照我登楼。→楼下清淇三百里,淇流不似客愁长。→长恨春归无觅处,不知转入此中来。→来相召、香车宝马,谢他酒朋诗侣。

诗词趣谈

农夫与秀才

　　从前有个秀才,因为自己有点文墨,就瞧不起辛勤耕耘的农夫。农夫们对此甚为气愤,总想找机会教训他。盛夏的一天,秀才喝完酒回家,经过瓜田,因口渴难熬,便掏出几枚铜板想买个西瓜解渴。瓜地里有甲乙两个农夫,甲挡回秀才的铜板说:"你逢人自称才子,今天我吟四句诗你猜,猜中了即送瓜给你吃。"说罢吟道:"大姐用针不用线,二姐用线不用针,三姐点灯不干活,四姐干活不点灯。"秀才听罢目瞪

口呆,猜不出来。乙农夫见他出丑,也吟出四句诗让他猜:"大哥上山滑溜溜,二哥下山滚绣球,三哥磕头梆梆响,四妹洗脸不梳头。"秀才仍然猜不出来,只好灰溜溜地走开了。

甲乙农夫的每句诗都是打一种动物,您猜出来了吗?

答案:蜜蜂、蜘蛛、萤火虫、纺织娘;蛇、刺猬、啄木鸟、猫。

小荷才露尖尖角,早有蜻蜓立上头。

——【南宋】杨万里《小池》

【佳句解析】

鲜嫩的荷叶那尖尖的角刚露出水面,早早就已经有蜻蜓落在它的上头。

【原作欣赏】

小池

泉眼无声惜细流①,树阴照水爱晴柔②。
小荷才露尖尖角③,早有蜻蜓立上头④。

① **泉眼:** 泉水的出口。**惜:** 爱惜。
② **晴柔:** 晴天里柔和的风光。
③ **小荷:** 指刚刚长出水面的嫩荷叶。**尖尖角:** 还没有展开的嫩荷叶尖端。
④ **上头:** 上方。

佳句品读

这两句诗从"小"处着眼，细致入微地描摹出初夏小池中生动清新的景象，在细节当中流露出了朴素自然、充满生活雅趣的情致。

【作者简介】

杨万里（1127—1206），字廷秀，号诚斋，南宋著名诗人。其诗语言平易浅近，构思新巧，号为"诚斋体"，他与陆游、范成大、尤袤齐名，称"中兴四大诗人"或"南宋四家"，著有《诚斋集》。

【佳句接龙】

小荷才露尖尖角，早有蜻蜓立上头。（【南宋】杨万里《小池》）➡ 头风初愈喜身轻，书卷时开觉眼〇。（【南宋】陆游《甲子立春前二日作》）➡ 〇朝且做莫思量，如何过得今宵〇。（【北宋】周紫芝《踏莎行》）➡ 〇路政长仍酷暑，主公交契更情〇。（【南宋】张孝祥《浣溪沙·过临川席上赋此词》）➡ 〇朋来贺喜，休辞〇。（【南宋】辛弃疾《感皇恩·寿铅山陈丞及之》）➡ 〇市渔乡，西风胜似春〇。（【南宋】吴文英《声声慢·寿魏方泉》）➡ 〇情一点无奈，频付酒杯〇。（【南宋】赵以夫《忆旧游慢·荷花，泛东湖用方时父韵》）➡ 〇遍茫茫禹迹来，底是无愁〇。（【南宋】刘克庄《卜算子》）➡ 〇处皆华表,谁王奈却 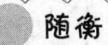。([唐]杜牧《扬州三首·其二》) →  随衡

阳雁,南入洞庭天。([唐]李群玉《将之吴越留别坐中文酒诸侣》)

答案:小荷才露尖尖角,早有蜻蜓立上头。→头风初愈喜身轻,书卷时开觉眼明。→明朝且做莫思量,如何过得今宵去。→去路政长仍酷暑,主公交契更情亲。→亲朋来贺喜,休辞酒。→酒市渔乡,西风胜似春柔。→柔情一点无奈,频付酒杯行。→行遍茫茫禹迹来,底是无愁处。→处处皆华表,谁王奈却回。→回随衡阳雁,南入洞庭天。

诗词趣谈

古诗密码

从前,有人在地里挖到一只剑匣,匣子没有锁,匣盖上却刻着圆形字盘,上有20个字:仗剑曾行大梁千里一言;微躯不负信陵客敢为恩。此人颇识诗书,知道这是用一首古诗编成的密码。他依着诗句顺序调整字盘,终于把匣子打开,得到了匣内的宝剑。您知道这是一首什么古诗吗?

答案:仗剑行千里,微躯敢一言。曾为大梁客,不负信陵恩。

第6章 季节·时令

> 忽如一夜春风来，千树万树梨花开。
> ——【唐】岑参《白雪歌送武判官归京》

【佳句解析】

一夜之间，所有树枝上挂满了雪，就像春天里千万朵梨花争相盛开。

【原作欣赏】

白雪歌送武判官归京①

北风卷地白草折②，胡天八月即飞雪③。
忽如一夜春风来，千树万树梨花开。
散入珠帘湿罗幕④，狐裘不暖锦衾薄⑤。
将军角弓不得控⑥，都护铁衣冷难着⑦。
瀚海阑干百丈冰⑧，愁云惨淡万里凝⑨。
中军置酒饮归客⑩，胡琴琵琶与羌笛⑪。
纷纷暮雪下辕门⑫，风掣红旗冻不翻⑬。
轮台东门送君去⑭，去时雪满天山路。
山回路转不见君，雪上空留马行处。

注释

❶ **武判官**：名不详，是诗人岑参的好友。**判官**：官职名，是节度使、

观察使一类的僚属。
② **白草：** 西北的一种牧草，晒干后变白。
③ **胡天：** 指塞北的天空。
④ **珠帘：** 以珠子穿缀成的挂帘。**罗幕：** 用丝织品做的幕帐。这句是说雪花飞进珠帘，沾湿罗幕。
⑤ **狐裘**（qiú）：狐皮袍子。**锦衾薄：** 锦缎做的被子（因为寒冷）都显得单薄了。这句是形容天气很冷。
⑥ **角弓：** 一种以兽角作装饰的硬弓。**不得控：** 天太冷而冻得拉不开弓。
⑦ **都护：** 这里泛指镇守边镇的长官，与上文的"将军"是互文。**铁衣：** 铠甲。
⑧ **瀚海：** 沙漠。**阑干：** 纵横交错的样子。这句是说沙漠里到处都结着很厚的冰。
⑨ **惨淡：** 昏暗无光。
⑩ **中军：** 这里指主帅的营帐。**饮归客：** 宴饮回去的人，指武判官。
⑪ **胡琴琵琶与羌笛：** 胡琴等都是当时西域地区少数民族的乐器。这句是说在饮酒时奏起了乐曲。
⑫ **辕门：** 军营的大门，古时行军扎营，以车环卫，在出入处用两车的车辕相向竖立，作为营门，故称辕门。
⑬ **掣**（chè）：拉，扯。这句是说红旗因雪而冻结，风都吹不动了。
⑭ **轮台：** 唐轮台在今新疆维吾尔自治区米泉县，与汉轮台不是同一个地方。

佳句品读

这两句以春花喻冬雪，以南国暖色衬托北方寒景，联想奇特美妙，比喻新颖贴切，境界宏大壮阔而又清新自然，在描摹出西北严酷的自然环境之中，透出了诗人蓬勃的乐观主义精神，同时也巧妙地衬托了依依惜别之情。

【作者简介】

岑参 (约715—770)，唐代著名的边塞诗人。其诗富有浪漫主义的特色,气势雄伟,想象丰富,尤其擅长七言歌行,著有《岑嘉州诗集》。

【佳句接龙】

忽如一夜春风来,千树万树梨花开。(【唐】岑参《白雪歌送武判官归京》)→开迟愈见凌霜操,堪笑儿童道过○。(【南宋】陆游《九月十二日折菊》)→○难年荒世业空,弟兄羁旅各西○。(【唐】白居易《望月有感》)→○临碣石,以观沧○。(【东汉】曹操《观沧海》)→○客谈瀛洲,烟涛微茫信难○。(【唐】李白《梦游天姥吟留别》)→○之不得,寤寐思○。(【先秦】《诗经·关雎》)→○食求神仙,多为药所○。(【东汉】《古诗十九首·其十三》)→○喜敲门客至,出看啄木惊○。(【南宋】陆游《六言》)→○云当面化龙蛇,天矫转空○。(【北宋】秦观《好事近·梦中作》)→○云无信失秦楼,旧时明月犹相照。(【北宋】毛滂《踏莎行·追往事》)

答案:忽如一夜春风来,千树万树梨花开。→开迟愈见凌霜操,堪笑儿童道过时。→时难年荒世业空,弟兄羁旅各西东。→东临碣石,以观沧海。→海客谈瀛洲,烟涛微茫信难求。→求之不得,寤寐思服。→服食求神仙,多为药所误。→误喜敲门客至,出看啄木惊飞。→飞云当面化龙蛇,天矫转空碧。→碧云无信失秦楼,旧时明月犹相照。

诗词趣谈

读诗句，猜成语

① 天涯何处无芳草。
② 王师北定中原日，家祭无忘告乃翁。
③ 危楼高百尺。

答案：① 不毛之地　② 视死如归　③ 临危不惧

春潮带雨晚来急，野渡无人舟自横。

——【唐】韦应物《滁州西涧》

【佳句解析】

傍晚下了春雨，潮水涌得更急，荒野渡口空无一人，只有小船独自漂浮在河边上。

【原作欣赏】

滁州西涧①

独怜幽草涧边生②，上有黄鹂深树鸣。
春潮带雨晚来急，野渡无人舟自横③。

① **滁州**：今安徽省滁州市。**西涧**：滁州城西郊的一条小溪，又称上马

河，即今天的西涧湖。
② 独怜：独独怜爱。
③ 野渡：荒郊野外的渡口。横：指随意漂浮。

佳句品读

诗人以情写景，借景述意，在水急舟横的幽深景象当中，蕴含着一种不在其位、不得其用的无奈、忧虑、悲愁的情怀。

【作者简介】

韦应物（737—792），唐代诗人，因做过苏州刺史，世称"韦苏州"。诗风恬淡高远，以善于写景和描写隐逸生活著称，著有《韦苏州集》。

【佳句接龙】

春潮带雨晚来急，野渡无人舟自横。（【唐】韦应物《滁州西涧》）➡ 横槊题诗，登楼作赋，万事空中 ●。（【南宋】文天祥《酹江月·和友驿中言别》）➡ ● 消门外千山绿，花发江边二月 ●。（【北宋】欧阳修《春日西湖寄谢法曹歌》）➡ 风吹柳絮，新火起厨 ●。（【唐】贾岛《清明日园林寄友人》）➡ 生墟落垂垂晚，雁下陂湖处处 ●。（【南宋】陆游《湖上》）➡ 江上，看惊弦雁避，骇浪船 ●。（【南宋】辛弃疾《沁园春·带湖新居将成》）➡ ● 偃飞盖，熠熠进流⬤。(【唐】杜甫《扬旗》) ➡ ⬤郎绿鬓,锦波春酿,碧筒宜⬤。(【北宋】张元幹《水龙吟·周总领生朝》) ➡ ⬤拥征骖犹伫立,盈盈泪眼相⬤。(【北宋】柳永《临江仙引》) ➡ ⬤骊珠、影堕冷光斜,蛟龙窟。(【南宋】高观国《满江红》)

答案：春潮带雨晚来急,野渡无人舟自横。→横槊题诗,登楼作赋,万事空中雪。→雪消门外千山绿,花发江边二月晴。→晴风吹柳絮,新火起厨烟。→烟生墟落垂垂晚,雁下陂湖处处秋。→秋江上,看惊弦雁避,骇浪船回。→回回偃飞盖,熠熠进流星。→星郎绿鬓,锦波春酿,碧筒宜醉。→醉拥征骖犹伫立,盈盈泪眼相看。→看骊珠、影堕冷光斜,蛟龙窟。

诗词趣谈

父子对话

有一户人家,父子二人说话含蓄幽默,从不开门见山。这一天,父亲把儿子叫来说:"你在外面玩什么?"儿子说:"阶下儿童仰面时,清明装点最堪宜;游丝一断浑无力,莫向东风怨别离。"父亲听了说:"明天,我再给你做一个,你到街上去帮我买样东西来。"儿子问:"买什么东西?"父亲说:"能使妖魔胆尽摧,身如束帛气如雷;一声震得人方恐,回首相看已化灰。"儿子听后到街上买来了父亲需要的东西。您知道儿子在玩什么,父亲要买什么吗?

答案：儿子在玩风筝,父亲要买爆竹。

千山鸟飞绝，万径人踪灭。

——【唐】柳宗元《江雪》

【佳句解析】

千山万岭不见飞鸟的踪影，千万条路上连一丝人的踪迹也没有。

【原作欣赏】

江雪

千山鸟飞绝，万径人踪灭①。
孤舟蓑笠翁②，独钓寒江雪。

① **人踪灭**：没有人的踪影。
② **孤**：孤零零。**蓑笠**（suō lì）：蓑衣和斗笠。

佳句品读

"千山""万径"都是夸张语，山中本应有鸟，路上本应有人，却是"鸟飞绝"、"人踪灭"，全然一个荒寒寂寥的世界，虽未直接用"雪"字，但读者似乎已经见到了铺天盖地的大雪，已感觉到了凛冽逼人的寒气。同时这也衬托出一种清峭孤洁的氛围，为下文孤舟独钓的渔翁营造出广袤无垠、万籁俱寂的背景，真可谓咫尺之幅而雪景如在眼前。

【作者简介】

柳宗元（773—819），字子厚，唐代著名文学家、哲学家、散文家和思想家，"唐宋八大家"之一，又与韩愈并称"韩柳"，与刘禹锡并称"刘柳",与王维、孟浩然、韦应物并称"王孟韦柳",著有《柳河东集》等。

【佳句接龙】

千山鸟飞绝,万径人踪灭。(【唐】柳宗元《江雪》)→灭相成无记,生心坐有●。(【唐】王维《与胡居士皆病寄此诗兼示学人二首·其二》)→●田问舍,怕应羞见,刘郎才●。(【南宋】辛弃疾《水龙吟·登建康赏心亭》)→●蒸云梦泽,波撼岳阳●。(【唐】孟浩然《临洞庭上张丞相》)→●中相识尽繁华,日夜经过赵李●。(【唐】王维《洛阳女儿行》)→●财既尽骨肉离,今日残年一身●。(【唐】韦庄《秦妇吟》)→●竹寒声动秋月,独宿空帘归梦●。(【唐】李白《劳劳亭歌》)→●恨相从未款,而今何事,又对西风离●。(【南宋】姜夔《八归·湘中送胡德华》)→●酒深深但劝,离歌缓缓休●。(【南宋】张孝祥《西江月·桂州同僚饯别》)→唤厨人燎狐兔,强排旅思举清樽。(【南宋】陆游《梦中作》)

答案:千山鸟飞绝,万径人踪灭。→灭相成无记,生心坐有求。→求田问舍,怕应羞见,刘郎才气。→气蒸云梦泽,波撼岳阳城。→城中相识尽繁华,日夜经过赵李家。→家财既尽骨肉离,今日残年一身苦。→苦竹寒声动秋月,独宿空帘归梦长。→长恨相从未款,而今何事,又对西风离别。→别酒深深但劝,离歌缓缓休催。→催唤厨人燎狐兔,强排旅思举清樽。

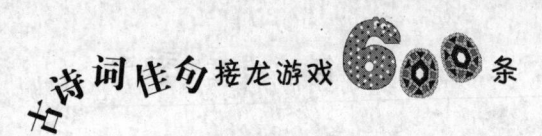

诗词趣谈

苏小妹试夫

　　传说苏轼的妹妹苏小妹因上门说亲的人太多而厌烦，于是她想了一个办法，要所有求婚者答三道题，全部答对了才同意结亲。这三道题分别是：一、展翅翱翔，飞鸟归房，小人掌印，凿壁借光，昔日为雄，娃娃献计，红热俱藏。各打一人名。二、越大越好过，越小越难过，越短越好过，越长越难过，白天还好过，晚上更难过。打一物名。三、东境脚为佳，女未肯成家，半口吃一口，音息心牵挂。猜字。前来应试的人不少，但都只答出了第一或第二题，只得扫兴而回。有一天，秦少游前来应试，三题全部答对，小妹终于与秦少游结为百年姻缘。您能猜出苏小妹的这三道题吗？

答案：人名是：张飞、关羽、孙权、孔明、陈胜、孙策、朱温。物名是：独木桥。猜字是：小妹同意。

停车坐爱枫林晚，霜叶红于二月花。

——【唐】杜牧《山行》

【佳句解析】

　　只因爱那枫林晚景我把马车停下，霜染的枫叶火红胜过二月的春花。

【原作欣赏】

山行①

远上寒山石径斜②，白云生处有人家。
停车坐爱枫林晚③，霜叶红于二月花。

① 山行：在山中行走。
② 寒山：指深秋时候的山。径：小路。斜（xiá）：这里是伸向的意思。
③ 坐：因为。

佳句品读

诗人没有落入一般封建文人哀秋叹秋的窠臼，这两句所展现出来的是枫叶流丹、层林如染的秋天美景，有一种英爽俊拔之气洋溢于笔端。那停车而望、陶然而醉的诗人自己，也成了这天然景致的一部分，整个画面情韵悠扬，余味无穷。

【作者简介】

杜牧(803—约852)，字牧之，号樊川居士，晚唐著名诗人，与李商隐并称"小李杜"，其诗以辞采清丽、情韵跌宕见长，著有《樊川文集》。

【佳句接龙】

 停车坐爱枫林晚，霜叶红于二月花。（【唐】杜牧《山行》）
➡ 花径不曾缘客扫，蓬门今始为君○。（【唐】杜甫《客至》）➡
○畦分白水，间柳发红○。（【唐】王维《春园即事》）➡ 花

一簇开无主,可爱深红爱浅○。(【唐】杜甫《江畔独步寻花七绝句·其五》)→○酥手,黄縢酒,满城春色宫墙○。(【南宋】陆游《钗头凤·其一》)→○条弄色不忍见,梅花满枝空断○。(【唐】高适《人日寄杜二拾遗》)→○断未忍扫,眼穿仍欲○。(【唐】李商隐《落花》)→○来视幼女,零泪缘缨○。(【唐】韦应物《送杨氏女》)→○年冉冉谁能驻?长夏迢迢亦已○。(【南宋】陆游《夏日感旧》)→○英剩馥,明朝犹可同醉。(【南宋】刘克庄《念奴娇·木犀》)

答案:停车坐爱枫林晚,霜叶红于二月花。→花径不曾缘客扫,蓬门今始为君开。→开畦分白水,间柳发红桃。→桃花一簇开无主,可爱深红爱浅红。→红酥手,黄縢酒,满城春色宫墙柳。→柳条弄色不忍见,梅花满枝空断肠。→肠断未忍扫,眼穿仍欲归。→归来视幼女,零泪缘缨流。→流年冉冉谁能驻?长夏迢迢亦已残。→残英剩馥,明朝犹可同醉。

诗 词 趣 谈

读诗句,猜成语

① 夜来风雨声,花落知多少。
② 有意栽花花不发,无心插柳柳成荫。
③ 欲穷千里目,更上一层楼。

答案:① 怜香惜玉 ② 出人意外 ③ 高瞻远瞩

> 竹外桃花三两枝,春江水暖鸭先知。
>
> ——【北宋】苏轼《惠崇春江晚景二首·其一》

【佳句解析】

竹林外两三枝桃花初放,鸭子在水中游戏,它们最先知道初春江水的回暖。

【原作欣赏】

惠崇春江晚景二首·其一①

竹外桃花三两枝,春江水暖鸭先知。
蒌蒿满地芦芽短②,正是河豚欲上时③。

注释

❶ **惠崇**:北宋名僧,能诗善画。《春江晚景》是惠崇的画作,共两幅,一幅是鸭戏图,一幅是飞雁图,苏轼的这首诗是题鸭戏图的诗。

❷ **蒌蒿**(lóu hāo):一种生长在洼地的多年生草本植物,花淡黄色,茎刚生时柔嫩香脆,可以吃。芦芽:芦苇的幼芽,可食用。

❸ **河豚**:鱼的一种,学名"鲀",肉味鲜美,但是卵巢和肝脏有剧毒。河豚产于我国沿海和一些内河,每年春天逆江而上,在淡水中产卵。

佳句品读

"竹"、"桃花"、"春江"、"鸭子"是画面所有,而"水暖"、"先知"却出之于诗人的丰富想象力,这两句诗既紧扣画面所绘,又运用语言艺术大大拓展了画意,早春的气息和自然万物的生命活力跃然于纸上。

【佳句接龙】

竹外桃花三两枝,春江水暖鸭先知。(【北宋】苏轼《惠崇春江晚景二首·其一》)→ 知音稀有,欲知日日倚阑愁,但问取、亭前○。(【北宋】周邦彦《一落索》)→ ○困玉楼空,花落红窗○。(【北宋】周紫芝《生查子》)→ ○透薄罗衣,一霎清风,人映团团○。(【北宋】毛滂《醉花阴》)→ ○迥寒沙净,风急夜江○。(【唐】骆宾王《渡瓜步江》)→ ○来政情味淡,更一重烟水一重○。(【北宋】秦观《木兰花慢》)→ ○何相遇酒边时,却道达人须饮○。(【南宋】辛弃疾《玉楼春·效白乐天体》)→ ○天星月,看人憔悴,烛泪垂如○。(【北宋】黄大临《青玉案》)→ ○声楼阁春寒里,寂寞收灯○。(【南宋】吴文英《探芳信》)→ ○日相思,地角天涯路。(【南宋】张孝祥《蝶恋花·送姚主管横州》)

答案:竹外桃花三两枝,春江水暖鸭先知。→知音稀有,欲知日日倚阑愁,但问取、亭前柳。→柳困玉楼空,花落红窗暖。→暖透薄罗衣,一霎清风,人映团团月。→月迥寒沙净,风急夜江秋。→秋来政情味淡,更一重烟水一重云。→云何相遇酒边时,却道达人须饮满。→满天星月,看人憔悴,烛泪垂如雨。→雨声楼阁春寒里,寂寞收灯后。→后日相思,地角天涯路。

诗词趣谈

商人考子

从前有位商人想考考三个儿子的学问和才智,便唤他们围火而坐,叫妻子托出一盘瓜子,然后命每个儿子赋诗文一句,要求句中有人、有事、有数,并按句中数字酬赏瓜子。长子抢先吟道:"甘罗十二为丞相。"商人点点头,要妻子数12粒瓜子给长子。次子脱口而出:"太公八十遇文王!"商人微微一笑,又叫妻子数80粒瓜子给次子。幼子天资聪慧,多读古书,他眼珠转了转,转身将全盘瓜子捧入怀中,然后高声吟哦一句。商人一听,高兴地说:"一个比一个强。好,好!"您知道幼子吟哦了一句什么吗?

答案:曹操八十三万人马下江南。

小楼一夜听春雨,深巷明朝卖杏花。

——【南宋】陆游《临安春雨初霁》

【佳句解析】

在小楼上听了一夜的春雨,料想明天早上深幽的小巷中就会传来叫卖杏花的声音。

【原作欣赏】

临安春雨初霁

世味年来薄似纱,谁令骑马客京华①?
小楼一夜听春雨,深巷明朝卖杏花。
矮纸斜行闲作草②,晴窗细乳戏分茶③。
素衣莫起风尘叹④,犹及清明可到家⑤。

注释

① **客**:客居。**京华**:指当时的京城临安。
② **矮纸**:短纸、小纸。**草**:草书。
③ **乳**:古人将茶饼研磨成为细末煎吃,浮在水面的泡沫称为乳花,简称乳。**分茶**:宋代一种饮茶的游艺,今已失传。一说指品茶。
④ **素衣**:白衣。
⑤ **犹及**:还来得及。

佳句品读

这两句诗清新隽永,惟妙惟肖地描绘了江南早春雨后清晨的美好气象和民俗风情,但同时也透露出诗人彻夜未眠。诗句以明媚的春光作为背景,更与诗人壮志难酬的落寞情怀构成了鲜明的对照。

【佳句接龙】

小楼一夜听春雨,深巷明朝卖杏花。(【南宋】陆游《临安春雨初霁》)➡ 花间一壶酒,独酌无相○。(【唐】李白《月下独酌·其一》)➡ ○朋无一字,老病有孤○。(【唐】杜甫《登岳阳楼》)➡

● 车两无阻,何处不得●。(【唐】孟郊《杂曲歌辞·车遥遥》)

● 莫逐炎洲翠,栖莫近吴宫●。(【唐】李白《相和歌辞·野田黄雀行》)

● 燕莺莺相并比,的当两团儿●。(【南宋】辛弃疾《念奴娇·谢王广文双姬词》)

● 飞数片又成晴,透瓦清霜伴月●。(【南宋】陆游《闻笛》)

● 年谁健,梦魂飘荡南●。(【南宋】范成大《念奴娇》)

● 望平原,落日山衔●。(【北宋】苏轼《点绛唇·再和送钱公永》)

● 落琼瑶天又惜,稍侵桃李蝶应愁。(【北宋】毛滂《浣溪沙·新春四夜松斋小饮,微雪复止》)

答案:小楼一夜听春雨,深巷明朝卖杏花。→花间一壶酒,独酌无相亲。→亲朋无一字,老病有孤舟。→舟车两无阻,何处不得游。→游莫逐炎洲翠,栖莫近吴宫燕。→燕燕莺莺相并比,的当两团儿雪。→雪飞数片又成晴,透瓦清霜伴月明。→明年谁健,梦魂飘荡南北。→北望平原,落日山衔半。→半落琼瑶天又惜,稍侵桃李蝶应愁。

诗词趣谈

小姑挨打

有一户人家只有三口人:哥哥、嫂嫂和小姑。这一天,小姑在门边做针线活,一个过路人走来问路,她就热心地帮忙指点。晚上哥哥回来了,嫂嫂就跟他说:"你得管教管教你妹妹啊,她总站在门外和过路的男人指指划划,说三道四。"哥哥一听火了,把妹妹找来想打她一顿。妹妹委屈地说:"你打我知晓,背后有人挑;因何出门来,为指路一条。"哥哥听后,才知道错怪了妹妹。后来有人把这四句话作为谜语,猜一

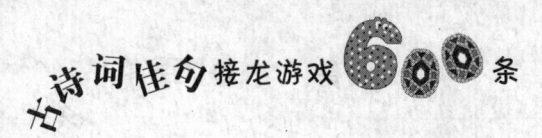

样东西。您知道猜的是什么吗?

答案:灯笼。谜面第一句中的"打"字,即"打灯笼"的"打",即"提、举"之意。

接天莲叶无穷碧,映日荷花别样红。

——【南宋】杨万里《晓出净慈寺送林子方》

【佳句解析】

碧绿的莲叶无边无际,一直延伸到水天相接的远方,在阳光的照映下,荷花显得格外艳红娇丽。

【原作欣赏】

晓出净慈寺送林子方①

毕竟西湖六月中②,风光不与四时同③。
接天莲叶无穷碧④,映日荷花别样红⑤。

 注释

① **晓出**:太阳刚升起。**净慈寺**:杭州西湖畔著名佛寺。
② **毕竟**:到底。
③ **四时**:春夏秋冬四季。
④ **接天**:与天空接在一起。**无穷碧**:无边无际的碧绿色。
⑤ **别样**:不一样。

佳句品读

这两句诗气象宏大而又生动鲜明,充满了令人印象深刻的色彩对比，无边的翠绿莲叶，盛开的朵朵荷花，明媚的夏日阳光，这一切都显示出了一种西湖六月特有的明快氛围，让人感受到当时当地与众不同的美丽风光。

【佳句接龙】

接天莲叶无穷碧，映日荷花别样红。（【南宋】杨万里《晓出净慈寺送林子方》）→红颜未老恩先断，斜倚熏笼坐到〇。（【唐】白居易《后宫词》）→〇月松间照，清泉石上〇。（【唐】王维《山居秋暝》）→〇水如有意，暮禽相与〇。（【唐】王维《归嵩山作》）→君明珠双泪垂，恨不相逢未嫁〇。（【唐】张籍《节妇吟》）→穷节乃见，一一垂丹〇。（【南宋】文天祥《正气歌》）→〇苔扑地连春雨，白浪掀天尽日〇。（【唐】白居易《风雨晚泊》）→〇流妙舞，樱桃清唱，依约驻行〇。（【北宋】晏殊《少年游》）→锦亭西，记与诗人，拍浮酒〇。（【南宋】陈人杰《沁园春·赋月潭主人荷花障》）→〇头坎坎回帆鼓，旗尾舒舒下水风。（【南宋】陆游《将至京口》）

答案：接天莲叶无穷碧，映日荷花别样红。→红颜未老恩先断，斜倚熏笼坐到明。→明月松间照，清泉石上流。→流水如有意，暮禽相与还。→还君明珠双泪垂，恨不相逢未嫁时。→时穷节乃见，一一垂丹青。→青苔扑地连春雨，白浪掀天尽日风。→风流妙舞，樱桃清唱，依约驻行云。→云锦亭西，记与诗人，拍浮酒船。→船头坎坎回帆鼓，旗尾舒舒下水风。

诗词趣谈

灯笼题诗谜

相传明代辛未年间,江阴举人袁舜臣赴京参加会试,临行前,他在灯笼上写了一首诗:

　　六经蕴藉胸中久,一剑十年磨在手。
　　杏花头上一枝横,恐泄天机莫露口。
　　一点累累大如斗,掩却半牀(床)何所有。
　　完名直待桂冠归,末来面目君知否?

大家都不解其意,只有苏州举人刘珹才识破这是一个藏有四字的诗谜。您知道谜底吗?

答案:"辛未状元"。六加一、十为"辛"字;杏除去口加一横为"未"字;"牀"掩去一半为"爿",大字加一点为"犬",合成"狀"(状)字;"完"去掉宝盖头为"元"字。

一年好景君须记,最是橙黄橘绿时。

——【北宋】苏轼《赠刘景文》

【佳句解析】

　　请你记得一年当中最好的景致,那是在秋末冬初橙黄橘绿的时节。

【原作欣赏】

赠刘景文①

荷尽已无擎雨盖②，菊残犹有傲霜枝③。
一年好景君须记④，最是橙黄橘绿时。

① **刘景文**：刘季孙（1033—1092），字景文，因苏轼荐知隰州。
② **擎（qíng）雨盖**：喻指荷叶。**擎**：举，向上托。
③ **傲霜**：不怕霜冻。
④ **君**：你，指刘景文。

佳句品读

> 这两句诗承接描写秋末初冬萧瑟衰残景象的前面两句，笔端蓦地扭转，呈现出这个时节硕果累累、成熟丰收的一面，而这一点恰恰是其他季节无法相比的。诗人写下此诗时，刘景文已经年过半百，诗人这样写，是用来比喻人生虽已青春流逝，但仍然是大有作为的黄金阶段，他借此勉励刘景文乐观向上、努力不懈，另一方面也含蓄地赞扬了刘景文的品格。

【佳句接龙】

一年好景君须记，最是橙黄橘绿时。【北宋】苏轼《赠刘景文》➡ 时节近清明，雨初晴、娇云弄●。【南宋】石孝友《蓦山溪》➡ ●通书床，带草春摇翠。【南宋】吴文英《扫花游·赠芸隐》➡ 凉钗燕冷，更深●。【北宋】毛滂《感皇恩·镇江待闸》➡ ●时长剑涩，斜日片帆●。【唐】刘长卿《送李七之笮水谒张相公》

→ ●烟淡淡无情,角声正送层城●。([南宋]刘辰翁《水龙吟·和中甫九日》)→ ●雀喧喧聚竹,听竹上清响风敲●。([北宋]周邦彦《无闷·冬》)→ ●后疏梅,时见两三●。([南宋]辛弃疾《江神子·博山道中书王氏壁》)→ ●落花开,几度池塘●。([南宋]张元幹《蝶恋花》)→ ●绿古燕州,莺声引独游。([唐]李益《献刘济》)

答案:一年好景君须记,最是橙黄橘绿时。→时节近清明,雨初晴、娇云弄暖。→暖通书床,带草春摇翠露。→露凉钗燕冷,更深后。→后时长剑涩,斜日片帆孤。→孤烟淡淡无情,角声正送层城暮。→暮雀喧喧聚竹,听竹上清响风敲雪。→雪后疏梅,时见两三花。→花落花开,几度池塘草。→草绿古燕州,莺声引独游。

诗词趣谈

船翁考子

从前有个老船翁,一心只想老老实实过日子,他的儿子想走科举之路,他却认为官场黑暗,入仕风险太大,于是就不同意让儿子赴考。在儿子苦苦哀求之下,老船翁只得让步,他指着邻近的一条船对儿子说:"你去那里给我借一样东西来。拿错了就别去考,拿对了你就去吧!"儿子满口答应。老船翁开口说道:"河水流,江水流,青少黄多几许愁。欲住频点头。累悠悠,痛悠悠,恨到归时方始休。点点泪不收。"儿子想了想,很快就借来了他要的东西,老船翁无奈,只得依允儿子赴考了。您知道老船翁要儿子到邻近船上借什么东西吗?

答案:借的是船篙。

第6章 季节·时令

明月别枝惊鹊，清风半夜鸣蝉。

——【南宋】辛弃疾《西江月·夜行黄沙道中》

【佳句解析】

明亮的月光惊飞了栖息在枝头的鹊鸟，半夜的清风吹来了阵阵蝉叫声。

【原作欣赏】

西江月·夜行黄沙道中①

明月别枝惊鹊②，清风半夜鸣蝉③。稻花香里说丰年，听取蛙声一片。 七八个星天外，两三点雨山前。旧时茅店社林边④，路转溪桥忽见⑤。

① **黄沙**：今江西省上饶黄沙岭乡黄沙村。**黄沙道**：指的就是从该村的茅店到大屋村的黄沙岭之间约20公里的乡村道路，南宋时是一条官道，东到上饶，西通江西省铅山县。
② **别枝惊鹊**：惊动鹊鸟飞离树枝。一说"别枝"为旁枝，与"主干"相对而言。
③ **鸣蝉**：蝉叫声。
④ **旧时**：往日。**社林**：土地庙附近的树林。
⑤ **见**：同"现"。

佳句品读

月光本来宁静，但因为明亮而惊飞了鹊鸟，展翅之时又摇曳了树枝；清风徐徐无声，吹送而来的夜间蝉鸣，又另有清幽之感。"惊鹊"和"鸣蝉"两句静中有动，动中寓静，把

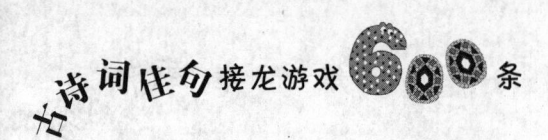

半夜"清风"、"明月"下的景色描绘得令人悠然神往,也折射出夜行的诗人那愉悦的心情。

【佳句接龙】

明月别枝惊鹊,清风半夜鸣蝉。(【南宋】辛弃疾《西江月·夜行黄沙道中》)→蝉鸣空桑林,八月萧关●。(【唐】王昌龄《塞下曲·其一》)→●旁过者问行人,行人但云点行●。(【唐】杜甫《兵车行》)→●动横波娇不语,等闲教见小儿●。(【唐】元稹《莺莺诗》)→●骑竹马来,绕床弄青●。(【唐】李白《长干行》)→●实迎时雨,苍茫值晚●。(【唐】柳宗元《梅雨》)→●来遍是桃花水,不辨仙源何处●。(【唐】王维《桃源行》)→●声暗问弹者谁,琵琶声停欲语●。(【唐】白居易《琵琶行》)→●迟钟鼓初长夜,耿耿星河欲曙●。(【唐】白居易《长恨歌》)→●姥连天向天横,势拔五岳掩赤城。(【唐】李白《梦游天姥吟留别》)

答案:明月别枝惊鹊,清风半夜鸣蝉。→蝉鸣空桑林,八月萧关道。→道旁过者问行人,行人但云点行频。→频动横波娇不语,等闲教见小儿郎。→郎骑竹马来,绕床弄青梅。→梅实迎时雨,苍茫值晚春。→春来遍是桃花水,不辨仙源何处寻。→寻声暗问弹者谁,琵琶声停欲语迟。→迟迟钟鼓初长夜,耿耿星河欲曙天。→天姥连天向天横,势拔五岳掩赤城。

诗词趣谈

古诗中的颜色

请把颜色填入下面各句古诗。

① 闲来垂钓（　）溪上,忽复乘舟梦日边。
② 最爱湖东行不足,绿杨阴里（　）沙堤。
③ 角声满天秋色里,塞上燕脂凝夜（　）。
④ 春风又（　）江南岸,明月何时照我还。
⑤ 千里（　）云白日曛,北风吹雁雪纷纷。
⑥ 一水护田将绿绕,两山排闼送（　）来。
⑦ 半卷（　）旗临易水,霜重鼓寒声不起。
⑧ （　）云压城城欲摧,甲光向日金鳞开。
⑨ 云横秦岭家何在,雪拥（　）关马不前。
⑩ 黄尘（　）日欲忘生,一夜新凉满锦城。

答案：①碧　②白　③紫　④绿　⑤黄　⑥青　⑦红　⑧黑　⑨蓝　⑩赤

黄梅时节家家雨,青草池塘处处蛙。

——【南宋】赵师秀《约客》

【佳句解析】

梅雨绵绵的时节家家都笼罩在雨雾当中,长满青草的池塘中到处传来阵阵蛙鸣。

【原作欣赏】

约客①

黄梅时节家家雨②，青草池塘处处蛙。
有约不来过夜半③，闲敲棋子落灯花④。

注释

① **约客：** 约请客人来相会。
② **黄梅时节：** 农历四五月间，江南梅子黄熟，大都是阴雨连连的时候，称为"梅雨季节"，所以称江南雨季为"黄梅时节"。
③ **有约：** 即邀约友人。
④ **落：** 使……掉落。**灯花：** 灯芯燃尽结成的花状物。

佳句品读

这两句生动地描摹出江南梅雨季节的夜景：雨声不断，蛙声一片，读来使人如身临其境。雨声与蛙声交织，这看似表现得很"热闹"的环境，实际上正反衬出夜半时客人爽约不来、诗人执棋闲敲的那种百无聊赖之中又散淡自适的心绪。

【作者简介】

赵师秀(1170—1219)，字紫芝，南宋诗人，与徐照、徐玑、翁卷并称"永嘉四灵"，开创了"江湖派"一代诗风，著有《赵师秀集》等。

【佳句接龙】

黄梅时节家家雨，青草池塘处处蛙。（【南宋】赵师秀《约客》）➡ 蛙吹鸣还息，蛛罗灭又●。（【唐】韦庄《夏夜》）➡ 景

○不待人,须臾发成○。(【唐】李白《相逢行二首·其二》)→○桐感

○人弦亦绝,满堂送君皆惜○。(【唐】李白《单父东楼秋夜送族弟沈之秦》)

→○有幽愁暗恨生,此时无声胜有○。(【唐】白居易《琵琶行》)

→○名冠寰宇,文物象昭○。(【唐】骆宾王《帝京篇》)→○首

向来萧瑟处,归去,也无风雨也无○。(【北宋】苏轼《定风波》)→

○日千堆雪,偏宜马上○。(【南宋】陆游《平明出小东门观梅》)

○朱成碧思纷纷,憔悴支离为忆○。(【唐】武则天《如意娘》)→

○休怪,近频辞雅会,不是无情。(【北宋】朱敦儒《沁园春》)

答案: 黄梅时节家家雨,青草池塘处处蛙。→蛙吹鸣还息,蛛罗灭又光。→光景不待人,须臾发成丝。→丝桐感人弦亦绝,满堂送君皆惜别。→别有幽愁暗恨生,此时无声胜有声。→声名冠寰宇,文物象昭回。→回首向来萧瑟处,归去,也无风雨也无晴。→晴日千堆雪,偏宜马上看。→看朱成碧思纷纷,憔悴支离为忆君。→君休怪,近频辞雅会,不是无情。

诗词趣谈

苏东坡巧猜半句谜

相传有一天苏东坡和袁公济在外踏雪赏景,袁公济看到路上的积雪已有一寸多厚了,便说道:"我有一谜想请教,不知您能猜得出来吗?"苏东坡一听便说:"赏雪猜谜,也是一件雅事,请出谜面。"

袁公济说:"雪径人踪灭,打半句七言唐诗。"苏东坡一听,不觉暗

暗吃惊,心想此谜甚难,不由得低头沉思起来。这时,路旁的树林中突然飞出了一群小鸟,排成了一线向着远处飞去。苏东坡眼前一亮,再仔细一想,暗暗称赞袁公济的半句诗谜做得巧。但是,他却不想马上把谜底说穿,也想趁此机会难一难袁公济,便指着远远飞去的鸟群对袁公济说:"我现在也请你猜一谜,谜面就是'雀飞入高空',也打半句七言唐诗。"袁公济细细想来,终于也猜出了答案,两人相对大笑。您知道这两个谜底分别是什么吗?

答案:将"一行白鹭上青天"竖直写来,并在"鹭"字的中间拦腰一划,即分别是袁公济的谜底——一行白路,苏轼的谜底——鸟上青天。